長編小説

沖縄　スパイ

キム・スム
日本語訳・孫知延

インパクト出版会

目次

第一章

9名

❖

島の北側、牛牧場の小屋の庭。

島の住民たちが鶏やウサギを解体するときに使う手斧の形をした月が空に浮かんでいる。島は深い静寂に包まれているかのようだが、あらゆる音であふれている。乾燥したサトウキビの葉が擦れ合う音、交尾の時期を迎えたホタルが金色や銀色の線を空中に描きながら焦燥に飛び回る音、カブトムシが硬い青い夜光の羽をバタつかせる音、洞窟から出たコウモリが餌を求めて森をかき回しながら飛び回る音、重く丸い石が一斉に転がるような波の音、草一本ない空き地に向かって鎌《イラナ》を無駄に振り回すような風の音……。

小屋の庭は巣だ。その中に集まっているスパイたちは親を待つ雛雀である。

カラス、鷹、野猫、イタチ、蛇……、一味の天敵となった毒を盛った爪やくちばし、舌を研ぎ、雛雀を狙っている。

恐れおののく雛雀たちができることと言えば、親雀を切に待つことだけだ。しかし親雀がすぐに戻ってきたとしても、雛を救えないだろう。飢えた天敵たちから雛雀を救える存在がいるとすれば、ただ一人、人間だけだ。

しかし今夜、島のどこにも人間はいない。

さっきから小便がしたくてたまらないゲンが足を震わせる。手の甲で鼻をこすりながら、誰かに言われたかのように手に持った松明でスパイたちを見渡す。

牛牧場の主人であるウチマとその妻イリ、ウチマの義弟であるイハとその妻、そしてイハの息子夫婦、牛牧場の最年少の働き手ベン、北の村の警防団長と区長。

イタチはゲンが足を震わせるのが非常に気に障る。

「小便小僧、二つに裂く前に足を止めろ！」

イタチは自分たちが引っ張ってきたスパイが九人もいることに困惑している。しかも女が三人もいる。

タヌキは自分たちに下される命令が何なのか分からず、イケダの命令を待っている。

軍服を脱ぎ、古びた芭蕉布を身にまとった兵士たちは緊張した目つきで野原をちらちらと見回している。もしかしたら米軍の弾が後頭部に飛んでくるかもしれないからだ。小屋は牧草地のど真ん中にある。始まりも終わりもなく広がる野原に飛び交うホタルが兵士たちには弾丸に見える。

「ミナト！」

ゲンの隣に立っていた少年がびくっとして後ずさりする。少年はゲンより頭一つほど背が高く、ひげが生え始めて口の下が黒ずんでいる。

「ミナト！」

区長の両目は山鳩の裂けた翼のような粗布で覆われている。

「ミナト、答えろ！」

区長は確かにミナトを見た。片手に松明を持ち、もう片方の手で泣き叫ぶ女を屠畜する山羊のように引っ張りながら野原を渡ってくるのを見た。

区長は両手と一緒に両足も鉄線で縛られていることを忘れ、立ち上がろうとして前に倒れ込み、地面に額をぶつける。大柄で力のある彼はすぐに上体を起こして叫ぶ。

「ミナト、そこにいるのは分かっているぞ！」

区長は目を覆われ、手足を縛られていることよりも、ミナトが一切返事をしないのがもっともどかしく、不安でならない。〈何かやましいことがあるのだ。そうでなければ返事をしないはずがない〉。ミナトが幼い頃、区長は彼に相撲を教えた。それで二人はお互いに特別な思いを持って接していた。

「ミナト！」

「兄さん、呼んでるじゃないか」

ゲンの声は変声期を過ぎていて、滑稽にしゃがれ、割れている。

「黙れ！」ミナトが声を低くしてゲンを叱りつける。

「木村総隊長に会わせてくれ！」

ウチマは木村と話せばスパイの濡れ衣が晴れると思っている。今の心境ではスパイの濡れ衣を晴らせるなら、自分の牛牧場を丸ごと彼に差し出す覚悟もある。

「お願いだ、木村総隊長に会わせてくれ！」

夫が哀れに頼む声を聞いていると、イリは自尊心が傷つき、怒りが込み上げてくる。〈恩知らずの兵隊どもめ！　今まで私の夫が献上した牛が何頭か……。全部何頭か私が数えて教えてやろうか？〉

五日前にもウチマは雄牛を捕まえて兵隊たちに送った。イリは兵隊たちに今まで受け取った牛を全部吐き出せと叫びたい。しかしイリは決して愚かではない。夫を亡くした後、ウチマと再婚し、牧場の牛を五〇頭以上増やしたのも彼女だ。自分を卵も産まない年老いた雌鶏のように扱う憎らしい奴らに慈悲を与える度量がまだ残っている。

〈何事だ？〉ベンは天井から一人ぽつんと落ちたネズミの子のように戸惑っている。彼は真夜中に盗賊のように押しかけた米軍に捕まり、北の海岸に連れて行かれた時よりも今の方が怖い。その理由は手足が鉄線で縛られ、何も見えてないからだと思う。

無意識にまた足を震わせていたゲンがびくっとする。うずくまっていたベンの頭が突然持ち上がり、ゲンの方を向いた瞬間、彼は自分を見つめていると錯覚する。

〈俺は見えない〉

イケダは少年たちにスパイたちの手足を鉄線で縛らせた後、目を粗布で覆わせた。おかげでスパイたちの目にいっぱいに浮かぶ恐怖が少年たちには見えない。スパイたちは自分たちを見ることができない、少年たちをいざとなれば狂気に変わりかねない危険な自信に陶酔させる。粗布が鼻先まで覆い半分だけ残ったようなベンの顔はしつこくゲンを見つめている。だからゲンはベンが自分をじっと見つめているような気がする。

「何見てんだ！」

ベンはしかし自分に言っているとは知らない。

体格も姿形も似た二人の少年はまるで双子の兄弟のようだ。二人とも裸足で、布切れをつぎはぎした世界地図のような服を着ている。

区長はミナトを呼びかけようとして、あいつがどうして軍人と一緒にいるのか、一体呼びかけにどうして一切返事をしないのかを深く考える。彼がミナトを最後に見たのは木村隊が駐屯している城跡だった。ミナトはかなり親しそうな島の少年たちと一緒だった。あいつは少年たちをモグラ、リス、イタチと呼んでいた。

「スパイ！」

誰かが呟く声が区長の耳に届く。そこで区長は十四日前の六月十五日に木村総隊長が自分に送った速達を思い出す。「十三日に敵軍に拉致された者はスパイである。拉致された者が戻ってきたら直ちに軍に報告することを命じる。この命令を破れば、彼らの家族はもちろん村の警防団長と区長も銃殺する」

米軍に拉致されていたウチマとイハ、ベンは、速達を受け取る二日前に解放された。彼らが戻ってきたことを知っていながら、区長は木村総隊長に報告しなかった。

「我々はスパイではない！」

区長の言葉に警防団長が驚きの声を上げる。

死んだふりをしていて昆虫のようにうずくまり、様子をうかがっていた。警防団長が首をあちこちに回しながら、たどたどしい声で尋ねる。

「スパイ？　スパイだなんて……、だ、だれが？　だ、だれがスパイだっていうんだ？」

警防団長の顔は縛られた時にモグラに殴られてあざができ、腫れている。

「自分がスパイだと知らないだなんてな！」兵士の一人が嘲笑う。

警防団長も区長がもらった速達を受け取っていた。ようやく自分がどうして牛牧場の小屋まで連れて来られたのかを悟った彼は、遅ればせながら木村の命令を軽んじたことを悔やむ。ウチマが「米軍スパイの真似事」をしているようだという噂を信じるべきだった。それがデマでも木村の命令に従うべきだった。

「俺はスパイじゃない！　警防団長の俺がスパイだなんて……」

〈憎たらしい年寄りめ。それじゃうちの夫がスパイだっていうのか？〉イリは警防団長が恨めしくて震えている。

「あなた？　あなた？」イハの嫁ヨウコが泣きながら後ろにいる夫を探している。彼女の夫ホセイは小屋の庭に引っ張られてくる途中、少年たちに殴られて前歯が折れ、口が腫れた。裂けた歯茎から流れる血が口の中にたまり、無理やり飲み込んでいる。ホセイとヨウコ夫婦は自分たちの家から一〇〇メートルほど離れた小屋の庭まで無理やり引きずられてきた。「おじさんは本当に米軍のスパイなのか？」おじさんが仮に米軍のスパイでないとしても、下男を三人も使い、何不自由なく暮らしていた自分たちがこのような無茶苦茶な恥辱を受けているのは、すべておじさんのせいだ。ホセイは再び口の中に溜まった血を飲み込みながら、父親よりも信頼し尊敬していたおじさんを恨み始める。

「俺たちをどうするつもりだ？」

区長がゲンの手に持った松明に向かって顔を上げて尋ねる。

ミナトがイケダをちらっと見る。彼はイケダがスパイたちをどうしようとしているのかひどくに不安だ。顎のラインが鋭くシャープな印象のイケダは、薄い唇を頑固なまでに閉じている。焦燥感がありありと見える兵士たちとは違い、彼には感情の動揺が全く見られない。

〈くそっ！〉ミナトは銃剣を捨てて逃げ出したいが勇気が出ない。逃げ出したら自分の手足も縛られるだろう。

「俺たちを処刑するつもりか？」

「ああ、殺さないでくれ！　助けてくれ！　助けてくれ！」

イリは半白の髪の毛一本一本がフィラメントのように震えるほど怒り狂っていたことをすっかり忘れて懇願する。

「助けてください！　助けてください！」ヨウコもそれに続いて哀願する。

「助けてくれ、助けてくれ……」イハの妻も哀れに祈り始める。

昼間にイハの家の台所に集まって一緒に豆腐を作りながら「三羽の鳥」の話をして笑っていた三人の女たちは、夜になるや命乞いをしている。

「あなた？　あなた？」切なく夫を呼んでいたヨウコが突然倒れる。彼女の小さな足には牛糞がついており、ふくらはぎからは血が流れている。髪の毛は藪のように乱れている。ほんの一時間前に夫の腕を枕にして新婚の甘い夢に浸っていたことが信じられない。

頭を水中に突っ込んでもがくアヒルのような彼女の姿にゲンがくすっと笑いを漏らす。

リョタがゲンを睨む。「小便小僧、笑うな！」

少年たちがゲンを小便小僧と呼ぶのは、緊張すると小便を漏らす癖があるからだ。城跡から牛牧場まで降りてくる間にも、ゲンは五回以上ズボンを下ろして小便をした。

「木村総隊長はどこだ？」

ウチマは木村が自分の小屋の庭にいるように感じる。不吉な黒雲のような彼の気配が心臓に響くほど強く感じられる。

近隣の島々にまで噂が広がるほど牛牧場を大きくしたウチマは、木村隊に誰よりも好意的で協力的だった。木村総隊長と親しくなり、自分が卑屈に感じるほど彼の機嫌を取ってきた。しかし、彼を心からわだかまりなく接したことはない。ウチマは人間としても、軍人としても木村総隊長を信用していない。彼は性格が激しく残忍で、冷酷で非情なところがある。ウチマはだからこそ、木村総隊長に今すぐ会わなければならないという切迫した気持ちだ。

「木村総隊長に会わせてくれ！」

イハが鶏のように首を伸ばして震えながら倒れる。起き上がろうとしてゲンの方に転がっていく。ゲンは思わず手に持った松明をイハの顔に近づける。火の粉が彼の顔に落ちてはじける。

イハの妻は今まで自分の体にぴったりとくっついていた夫が切り離されたようにいないことに気づき、「あなた！」と呼ぶ。彼女は夫が自ら転がったのではなく、兵隊が引っ張って行ったと思っている。自分たちを引き裂くために。

イハは体を起こそうとするが思うようにいかない。力を入れると手首と足首に巻かれた鉄線が肉に食い込んで締め付ける。

タヌキがイハに近づく。かわいそうな老人を妻のそばに引き戻そうと彼の首筋に手を伸ばす。

タヌキの熱い手が首筋に触れた瞬間、イハが身震いして悲鳴を上げる。

「放っておけ！」イケダが冷たく叫ぶ。


「一人ずつ全員殺す！」

イケダはついに命令を下す。彼の口から発せられたが、それは彼の命令ではなく木村総隊長の命令だ。

「ああ、俺たちを殺さないでくれ！　助けてくれ、助けてくれ！」

「ミナト！　ミナト！」

「助けてください、助けてください……」

「私の子どもたちはスパイじゃない！　私の子どもたちを助けてくれ！　私の息子、私の息子ホセイは助けてくれ！」

「俺は絶対にスパイじゃない！　無実だ……」警防団長が泣き叫ぶ。

わめき散らすスパイたちを睨みつけていたイケダが言う。

「カエルを食べる奴らだからカエルのように騒がしいな！　そいつらの口を塞げ！」

互いに様子を伺いながら躊躇していた少年たちがスパイたちに近づく。抵抗しながら哀願するスパイたちの口を粗布で覆う。見物していた兵士たちは、イケダがなぜ早くスパイたちの口を覆うよう命令しなかったのかと内心不満を抱く。

「殺さないで、殺さないで……」粗布の切れ端がしわだらけの口を押し潰して覆うまで、イリは祈り続ける。

粗布が口を覆う瞬間に区長がはっと我に返り、声を張り上げて叫ぶ。

「俺たちを殺すなら銃で撃って殺してくれ！」

小屋の庭に蒸し暑い風が吹く。畜舎の牛たちは大量死したかのように静かだ。

イリはネズミが出すような呻きを声を吐きながら、痩せて黒ずんだ全身で命乞いをする。ヨウコも地面に伏せ、顔が引っ掻かれるのも構わず全力で祈り続けている。

イケダが肩にかけていた銃剣を抜く。銃剣に巻かれていた葛の蔓と葉を手で引きちぎる。長さが四〇センチほどの剣が現れる。黒い塗料を塗った剣は、死んで色を失った蛇のようだ。
兵士たちも銃剣を抜く。タヌキ、イタチ、リス、ミナトも昼間に木村総隊長からもらった銃剣を抜く。ゲンも手に持った松明を地面に置き、銃剣を抜く。砥石で研いだ刃を月光に照らして見ていた彼は、兵隊の一人が黒糖を口に含みながら話してくれた話を思い出す。〈俺が中国で泣いている赤ちゃんをどうやって殺したか知ってるか？　空中に放り投げて銃剣で受け止めたんだ〉
イケダがスパイたちを見渡す。彼の目には憎しみが込められている。それは瞬く間に殺意に変わる。

月光は適度に明るい。いや、適度に暗い。野原はいつの間にか蛍であふれ、妖精たちが住む世界のようだ。今夜の島では、代々受け継がれてきた倫理規範が完全に忘れ去られ、無視され、木村総隊長の命令だけが存在する。

イケダはスパイたちを銃剣で刺して処刑するつもりだ。近くにいる米軍のせいで銃声がしてはいけないからだ。

〈誰から始めるか？〉

「スパイ！」イケダが銃剣を振り上げ、舌を噛むように吐き捨てながらウチマの頭頂部に銃剣を突き刺す。血が飛び散り、銃剣がウチマの頭を稲妻のように貫通し、首から突き出る。銃剣を引き抜くと、ウチマは頭と首から血を噴き出しながら前に倒れる。

日本兵の一人が警防団長に飛びかかる。警防団長の肩から噴き出した血がベンの顔に飛び散る。

リョタが「スパイ！」と歯を食いしばりながらベンに飛びかかる。永遠に取れない血の仮面をかぶり、震えるベンの裂けた腹から赤ちゃんの顔ほどの血塊が吐き出される。

瞬く間に兵たちと少年たち、銃剣で裂かれた住民たちが入り乱れ、小屋の庭は阿鼻叫喚の地獄絵図となる。骨が砕ける音、刃に肉が切り裂かれる音、血が吐き出される音、押し潰された断末魔の悲鳴が入り交じる。兵たちと少年たちの口から「スパイ！」の声が絶え間なく発せられる。狂乱した兵たちと少年たちが各々の声で叫ぶ「スパイ」の声は、合わさって神通力のある呪文となる。

地面を這うイリの脇腹をリスの銃剣が突き刺す。イリの逆立つ髪をイハの妻が両手でつかんで引っ張る。胸の二か所を銃剣で刺された彼女は髪を両手に巻きつけて激しく震える。

たちまち血まみれになった銃剣が月光を受けて奇妙に輝く。

「スパイ！　スパイ！」狂乱しながら銃剣を無情に振り回すタヌキの足に区長の顔が踏まれる。顔が押しつぶされ、区長の口を覆っていた粗布がずり上がる。

「ああっ！　ミナト！　ああっ！　ミ、ミナト！」

ホセイに飛びかかろうとしていたミナトが凍りつく。しかしそれも一瞬、彼は振り上げた銃剣をホセイの心臓に突き刺す。

「死ね！」タヌキが区長の背中に銃剣を突き刺し、時計回りに回してえぐる。岩のような背中にひび割れる音がして、銃剣が曲がる。

「スパイ！　スパイ！」

タヌキは曲がった銃剣でイハの心臓を突き刺す。骨に引っかかって抜けない銃剣を力いっぱい引き抜く。

兵隊の銃剣にへそと腹をえぐり取られたヨウコは、腸と血を引きずりながら地面を這う。

何者かの手がゲンの足首をがっちりとつかむ。警防団長の手だ。驚いたゲンは悲鳴を上げ、足を激しく振る。しかしその手は執拗に足首を離さない。

「スパイ！　スパイ！」

ゲンは生まれて初めて無我夢中になり、自分の足首をつかむ手を銃剣で刺し続ける。指が開き、痙攣しながら地面に落ちてくっつく。

第二章

❖

（9名が処刑された日の朝）

一九四五年六月二十九日。

標高三〇〇メートルのカラス山の頂上、十五世紀頃に築かれた城跡。

牛牧場が一望できる場所に、兵士の一人が角ばった顎を誇らしげに持ち上げて立っている。木村総隊長で、畜舎から出てくる牛たちを見つめている。墨に浸したかのように真っ黒な牛たちを散らしながら元気に駆け回る少年はベンだ。

ウーンという音が城跡まで響く。米軍の戦車数十台が一斉に動く音だ。まるで島全体が動いているかのようだ。牛たちは何の音かと頭を上げる。島は一日で南の海岸に上陸した米軍に占領された。島に駐屯している日本海軍通信隊の木村部隊は城跡に孤立している。断崖の上の鷲の巣のような城跡には、木村を含む日本兵三十二名と城跡下の村の住民二十名、島の少年たちがいる。

住民たちは一箇所に集まり、竹で槍を作っている。黄土色の国民服をきちんと着こなし、双眼鏡を誇らしげに首にかけた区長が血管を浮かせて言う。

「悪魔のような敵軍が現れたら、槍をまっすぐに持って突撃しろ！　槍でこう、左下から右上に斜めに切り上げるんだ。次に右上から左下に斜めに切り下げて、最後に突き刺して仕留めろ！」

島は沖縄本島から西に一〇〇キロも離れており、本島に属する一六〇の島々の一つだ。戦争が太平洋まで拡大するにつれて、島は運命的に日本海軍通信隊の駐屯地となった。海軍通信隊の総隊長である木村は、空手の有段者のような体格で偉そうな態度が身についている。睨むような目つきと嘲笑が浮かぶ表情のせいで卑劣な印象を与える。

戦車の音にすぐに慣れた牛たちがのんびりと草を食べ始め、木村は牧場から目を離して振り返る。ずっと自分を見つめ銅像のように立っていたイケダに言う。

「今夜、九人全員を処刑する。女も残さず全員処刑しろ！」

❖

（9名が処刑される二日前）

銀色のススキで覆われた揺れる野原に白い雄山羊が繋がれている。

髭をぼうぼうに伸ばし、腰に刀を差した男が人の顔ほどの石を手に持って山羊に近づく。山羊を哀れみの眼差しで見つめたかと思うと、瞬間的に石で山羊の頭を打ち下ろす。山羊が鈍い音を立てて倒れ、ススキに飲み込まれる。男が刀を抜き、山羊の前に罪人のように膝をついて座る。目をかすかに開けて泣き声を上げる山羊の首を切る。雄山羊を皮切りに、その日島では三〇〇頭以上の山羊が屠畜される。

朝鮮人古物商の娘キコは父親にせがむ。

「お父さん、私たちも山羊を捕ろうよ」

「うちには捕る山羊がいないんだ」

「どうしてうちには山羊がいないの？」

五歳になったばかりのキコは本当に不思議に思う。自分の家にはなぜ山羊がいないのか、なぜ鶏も豚もロバもいないのか。

❖

（9名が処刑される十四日前）

夜になり、北の村の区長は昼に受け取った木村の速達を再び声を出して読む。「十三日に敵軍に拉致された者はスパイである。拉致された者が戻ってきたら直ちに軍に報告することを命じる。この命令を破れば、彼らの家族はもちろん村の警防団長と区長も銃殺する」

まだ二歳にもならない末っ子のおむつを替えていたヤスコが、ぱっちりとした二重まぶたの目を大きく見開いて夫を見つめる。

「十三日に拉致された者って、牛牧場の人たちじゃない？」

区長がうなずく。

「軍に知らせたの？」

「いや」区長は淡々と答え、天井を見つめて横になる。

「軍に知らせなきゃならないんじゃない？　命令を破ればあなたと警防団長さんも銃殺されるって言ってるじゃない」

「脅してるだけさ」区長は不機嫌そうだ。

「脅し？　どうして？　どうして脅すの？」

「日本が戦争で苦戦しているからさ」

「だからって無実の人たちを銃殺するなんて脅すの？　あなたと警防団長さんのことだよ」

「気にするな」

ヤスコはしかし不安な気持ちが押し寄せ、心配そうな目で夫を見つめる。彼女は本島を行き来する船が途絶える前に、流れの理髪師から日本軍が本島でスパイを処刑しているという話を聞いた。

「ウチマさんが夜に北の海岸で米軍と密会しているのを見た漁師がいるんだって。ウチマさんが牛牧場の働き手の子どもと義弟と一緒に米軍に拉致されて一日で解放されたのを不思議に思っている人たちもいるんだって」

区長は眠ろうとして目を閉じる。油紙を貼った壁の向こうから、母親が孫娘たちを寝かせようと歌を口ずさむ声が聞こえてくる。「鳳仙花の花びらは爪に染めて、親の言葉は心を染める……。夜の海を渡る船は北極星を頼りにし、私を産んでくれた親は私を頼りにする……」（沖縄の伝統民謡「鳳仙花」）　区長が幼い頃も毎晩子守唄のように歌ってくれた歌だ。

「昔の歌は歌っちゃいけないって耳にたこができるほど言ったのに、歌ってるね」

「歌わせておけ」

「あなた、戦争が起こることはないよね？」

区長は再び目を開ける。眉間にしわを寄せるほど目に力を入れる。

「ヤスコ、戦争はもう起こっている」

「私たちの島では？　私たちの島では戦争が起こることはないよね？」

ヤスコはおむつを替え終えると末っ子を抱き上げる。眠たがる末っ子を寝かせようと背中を優しく叩く。彼女は戦争よりも米軍が怖い。

「サイパンでは米軍が男たちを捕まえて横たわらせ、その上を戦車で通って殺しているんだって。女や子どもは玩具にするために軍艦に乗せてアメリカに送るんだって。だから親たちは米軍に捕まるくらいなら死んだ方がましだと言って、子どもたちを海に投げ捨てているんだって。朝になると波に押し寄せられた子どもたちの死体が砂浜に散らばっているんだって」

区長は何も答えない。ヤスコはのんきな夫に危機感を持たせようと話を続ける。

「本島では娘を三人持つ女が家に火をつけて娘たちと一緒に死んだこともあったんだって。娘たちが米軍の玩具になるのを見ていられないから、そんな恐ろしいことをしたらしいよ。その女が石炭と薪を家の庭に積み上げて石油をまいたのを、近所の女たちが止めるどころか手伝ったんだってさ」

「ひどいな！」

「ええ……、でもその女の気持ちもわからなくはないわ。その女があまりにも苦しんでいたから、近所の女たちも手伝ったんでしょうね？」

「誰から聞いたんだ？」

「村長さんよ」

「村長さんがみだりに村の女たちを怖がらせて回っているんだな」区長は怒りで顔をしかめる。

しかし、正確に誰に怒っているのかがわからず、ますます怒りが込み上げる。

「そうだ、あなた、玉砕って何？」

区長が身を起こす。

「どこで聞いたんだ？」

「木村総隊長がそう言ったって。いざとなったら島を玉砕するって。本島から来た国民学校の道徳の先生も、島を玉砕しなければならないって話して回ってるらしいわ」

「そんなことはないさ」

区長は独り言のように呟き、再び横になる。

「玉砕って、敵に捕まって凌辱される前に、みんなで潔く自決することだって。赤ん坊まで……」

❖

（9名が処刑される一か月前）

木村総隊長が腰に常に携えている軍刀を抜く。兵士の一人が青ざめた顔で彼の前に立っている。若々しい顔の兵士は木村総隊長の命令に従わなかった。

「ひよわな兵士など、いらん！」

正午の太陽光を受けて輝く軍刀が斜めに振り下ろされる。細い血の筋が三メートルの高さまで噴き上がる。

軍刀を巧みに振るうことができず、首は切り落とされずに半分だけ繋がったままだ。兵士は半分だけ繋がった首をぶらぶらさせながら三〇メートルほど駆け出す。人間の出す音とは思えない奇怪な声を上げながら茂みに倒れ込む。一列に並んで処刑を見守っていた兵士たちと少年たちは恐怖に囚われ、何も言えない。少年たちは土窟を掘る作業に連れてこられ、処刑を目撃することになった。少年たちは憧れていた日本軍と木村総隊長がどれほど恐ろしい存在か、その時初めてはっきりと知ることになる。

茂みを血で染めながら死んでいく兵士が従わなかった命令は、自分より階級が低い兵を軍刀で処刑せよというものだった。

❖

（9名が処刑される三か月前）

一九四五年三月二十二日。

晴れ渡った空が胡桃が砕ける音を立てながら揺れ、下駄のような形をした米軍の戦闘機が島の西側から飛来する。戦闘機は空を覆い、本島のある東側へと向かう。海では米軍の艦船が海を埋め尽くし、東へと進む。眠っていた赤ん坊が驚いて泣き出し、野原に繋がれていた山羊が恐怖に駆られて暴れ出す。島を横切って飛んでいた戦闘機が島に牛糞のような爆弾を落とす。爆弾の一つは砂糖工場の圧搾機に、もう一つは温泉場に、そしてもう一つは島から徴発した米を積んだ軍の給糧船に落ちる。砂糖圧搾機は瞬く間に炎に包まれる。三線の音が悠然と響いていた温泉場の建物の天井と壁が崩れ落ちる。出航を控えていた軍糧船は黒煙を吐き出しながら炎に包まれる。ちょうど甲板でタバコを吸っていた船員は海に飛び込んで軍糧船から脱出する。唯一生き残った船員は桟橋で軍糧船が沈むのを見つめ、日本軍が駐屯している城跡へと向かう。

本島だけでなく他の島々へ行く船も途絶え、島は通信が遮断される。大本営のニュースを聞けなくなった住民たちは少年二人を城跡へと送り出す。城跡から戻ってきた少年たちは通信兵から聞いた大本営のニュースを一字一句変えずに伝える。

「太平洋で我が戦闘機が米軍の艦船三隻を撃沈したんだって！」

住民たちは翌日も少年たちを城跡へと送り出す。

「太平洋で我が戦闘機が米軍の艦船五隻を撃沈したんだって！」

そのニュースを最後に、住民たちは少年たちを城跡へと送り出さなくなる。通信兵が伝える大本営のニュースが嘘だと知ったからだ。

❖

（9名が処刑される十か月前）

兵隊たちは島の住民が農作業で収穫した米で炊いたご飯を食べながら言う。

「未開で野蛮な沖縄の奴ら！」

兵隊たちは島の住民が落花生で作った餅のように柔らかくて香ばしい豆腐を食べながら言う。

「沖縄の奴らを信用するな。肝っ玉のない奴らだから、いつ敵軍のスパイになって俺たちを裏切るか分からない」

兵隊たちは島の住民が育てた豚を食べながら言う。

「沖縄の奴らは豚を食い過ぎて、大人も子どももみんな汚くて愚かな豚になったんだってさ」

兵隊たちは本土出身で軍国主義教育を受けて育った。彼らはこの島を雑多な島であり、朝鮮や台湾と同じように日本の植民地だと思っている。

日本兵の中には沖縄本島出身の者も一人いる。皇民化教育を受けて育った軍国少年から通信隊員になったことを誇りに思っているその兵士は、本土出身の兵隊たちが話すのを聞きながら内心でぼやく。〈自分たちは豚以下のくせに！〉

その日、牛牧場の主人ウチマは雌牛一頭を屠って城跡へと送る。焼いた牛肉を腹いっぱい食べた兵隊たちは城跡を下りる。遠足に行く子どものように楽しげな軍人たちの中には通信兵のイケダもいる。

兵隊たちは村々を回り、住民たちが農作業を怠けていないか、軍に不満を抱いた住民たちが謀反を企んでいないかを監視する。軍は「戦時食糧増産」のために住民たちに米軍の空襲がある日でも田畑に出て働くよう命じた。だから住民たちは戦闘機が飛んできて機銃掃射を浴びせる中でも田畑に出て行く。

エノキの木陰でタバコを吸っていた兵隊たちは、竹の籠を揺らしながら歩いてくる少女を見る。「今は非常時、パーマはやめよう」。軍国少女を夢みる少女は、タバコ畑で働く父親に水とおやつを届けに行く。

イケダが少女に言う。

「お前、こっちに来い」

すっかり怯えた少女がじっと見つめるだけなので、イケダが言う。

「面白い話がある」

「面白い話があるってさ」

別の兵隊が言う。

少女が近づくと、イケダが拳で少女の顔を殴りつける。少女の口から血が滴り落ち、流れる。泣きながら家へと走っていく少女の背中に向かって兵隊たちがくすくす笑いながら合唱する。

「面白い話がある、面白い話がある……」

第三章

❖

牛牧場から東に三〇〇メートルほど離れた小川のほとりで、小便をしようとしてズボンを下ろしたゲンは、自分の手の甲に付いた血を見つける。血は月光を浴びて異物のように輝いている。顔や服にも血が付いているが、彼には手の甲の血しか見えていない。

ゲンはスパイの血が自分の体に付いていることを気にしている。近くに生えている草を一握りつかみ、手の甲をこすってみるが、血はすでにかさぶたになっていて、まるで焼き印のようにこびりついている。

「スパイ、スパイ……」興奮がまだ残っているゲンは無意識に呟きながら、ズボンを下ろして小便をする。小便がしたくなるほどちょろちょろ出てくる小便をしている間に、兄たちは遠ざかっていく。

「リョタ兄さん！　リス兄さん！」

しかし、ゲンの呼び声は兄たちには届かず、彼らは闇の中に消えていく。

ゲンは小屋に火を放ち、急いで立ち去った牛牧場を振り返る。尻を出して燃え盛る小屋をぼんやりと見つめていた彼は、突然体が震え始める。その時初めて、自分が「人間狩り」になったことを実感する。

ゲンの肩に掛かっていた銃剣が小川の草むらに落ちる。彼は血で汚れた銃剣を見下ろし、中国で泣いている赤ん坊を空中に放り投げて銃剣で受けとめたという兵隊の話が作り話ではなかったことを悟る。

❖

城跡の土窟の中、ろうそくの前に王のように座っているイケダが血に染まった手で握り飯を食べている。血走った目は何かを見透かすように見つめているようだが、何も見ていない。彼は大きく握った握り飯の四つ目を食べている。

タヌキはつるはしの刃跡が太く激しい雨のように降り注ぐ壁に寄りかかって、土窟が震えるほどのいびきをかいて寝ている。曲がった銃剣が彼の枕元に置かれている。壊れた壷に水を注ぎ続けるようにガブガブと水を飲んでいたイタチは、小便をしに土窟を出て行く。

肩を並べて座り、たばこをくわえている兵士たちはぼんやりとした表情だ。二十三歳くらいの兵士たちは一晩で四十歳くらいに見えるほど老け込んでいる。イケダと同じく完璧な日本人である彼らは、自分たちが人間狩りだとは決して思っていない。だからこそ、人間狩りである島の少年たちを軽蔑する目で見ている。まだ血の乾かない人間狩りたちは、自分の親や兄弟さえもまな板の上の肉塊のように切り刻んで殺すことができる殺人狂だ。

土窟の入口から夜明けの光が差し込んでくる。

城跡の下の村から雄鶏の鳴き声が土窟の中まで聞こえてくる。島で三〇〇頭以上の山羊が屠畜される時、運良く生き残った山羊たちの鳴き声も聞こえてくる。

イケダが握り飯を口いっぱいに含み、気絶したように倒れる。「スパイ、スパイ……」呟きながら寝入る彼の口から握り飯がこぼれ落ちる。

〈俺は何をしたんだ？〉ミナトは濃い髪を激しく振る。死んだ鳥のように垂れ下がった手を激しく震わせる彼の体からは焦げた匂いが漂っている。小屋が炎に包まれ、飛び散った灰が彼の頭や顔、服に黒く付いている。

「ミナト、大丈夫か？」リスが尋ねる。

ミナトは首を振りながら呻く。「見られたんだ」

「区長、あいつにか？」リョタが言う。

「見られたって言ってるんだ！」ミナトは泣きそうな声で言う。

「もう死んだ奴さ！　そして俺たちは悪魔みたいなスパイを処刑したんだ」リョタが血と飯粒が付いた手でミナトの肩をポンポン叩く。

日本兵の一人がたばこの煙を吐きながらリョタを見下ろすように見つめる。

「お前の弟はどこに行った？」

「俺の弟？」兵士を見つめるリョタの目に殺気が漂っている。

「犬みたいにお前を追い回してる奴のことだ」

「逃げたんだろう」他の兵が言う。

「ゲンか、あいつは俺の弟じゃねえよ」リョタが大きな奥歯を見せながら唸る。

「お前たち、実の兄弟じゃなくて従兄弟じゃないのか？　オシロ・リョタ、オシロ・ゲン」

オシロは三人が集まれば一人はその姓であるほど島で一般的な姓だ。

〈一握りにもならない奴め！〉リョタは音がするほど拳を握りしめる。彼は兵士を叩きのめせないことに腹を立てている。

❖

島の北西に位置するフクロウの森。

つい最近、七十五歳の誕生日を迎えたサンガキはカシの木の間をさまよう少年を見つける。

少年は熱病を患った時のような声を出しながら、同じ場所をぐるぐると回っている。少年をじっくり見つめていたサンガキが近づいて尋ねる。

「君は誰だ？」

少年はびっくりして目を見開き、叫ぶ。

「スパイたちを燃やしました！」

「何？」

「スパイたちを燃やしました！」

近くで薪に使う枝を集めていた二人の女がその声を聞いて驚いて駆け寄る。顔がそばかすとシミで覆われた女たちはサンガキの娘たちだ。二人とも背中に竹の籠をこぶのようにぶら下げている。

「私を見てごらん」

少年はしかし、目が泳ぎ、サンガキをまともに見つめることができない。

「スパイたちを燃やしたって、どういうことだ？」

「牛牧場で！」少年は片手を挙げて北を指さす。「あそこでスパイたちを全部燃やしました。イケダ部隊長が燃やせと言いました」

サンガキの娘たちは悲鳴を上げる。

「イケダ？」サンガキが問い詰める。

「はい、木村総隊長の部下です」

サンガキは明け方に牛牧場の方から立ち上っていた煙を見た。西から東へ吹く風に乗って灰がフクロウの森まで飛んできた。

その森に避難している人々が何事かと集まってくる。皆一様に裸足でボロをまとっている。男たちは鎌を腰にぶら下げており、女たちは赤ん坊を背負ったり、カラムシの葉やサツマイモの茎などが入った籠を背負っている。子どもたちは鼻水を拭きながら、シラミでいっぱいの髪をかきながら、目を丸くして大人たちの間に立っている。「牛牧場でスパイたちを燃やしたんだって！」「誰が？」「どうして？」「スパイたち、誰が？」ざわざわする人々の中にはサトという男もいる。四十代前半だが白髪と曲がりくねった口のせいで五十過ぎに見える彼の肩には竹で編まれた籠がかかっている。籠の中でピヨピヨとひよこがうるさく鳴いている。

少年はすっかり怯えて震えながらも、自分とサンガキを取り囲む人々をちらりと見る。

「君もそこにいたのか？」サンガキが問い詰める。

「え？」

「牛牧場のことだ。君もそこにいたのか？」

少年は首を振る。「スパイ！」と高く鋭く叫ぶと、首の骨が鳴るほど激しく首を縦に振る。

「なぜ殺したの？」サンガキの長女が尋ねる。

「殺せと言われたからです。それで殺しました！　ぼくたちは銃で撃ち殺そうとしました！　本当です！　銃で撃ち殺そうとしたのですが、刺して殺せと言われました！」

「あれで刺して殺したんだな！」サトがカエルのように跳び上がり、甲高い声で叫ぶ。ようやく人々は少年の肩にぶら下がっているのが銃剣であることに気づく。

「誰が？」サンガキが少年を問い詰める。

「イケダ部隊長です！　ぼくたちは銃で撃ち殺そうとしたんですが……。銃剣で刺して殺せと言われて、死ぬまで……」

「ぼくたちって誰のことだ？」

「ぼくたちです……」

「ぼくたちって誰だって聞いてるんだ？」サンガキが問い詰める。

「リョタ兄さん、リス兄さん、タヌキ兄さん、イタチ兄さん……」

「兵隊たちじゃないの？」サンガキの次女が尋ねる。

「いや、ぼくたちは人間狩りです」

サンガキはゆっくり首を横に振り、その顔は沈んだ表情になる。

「何人殺したんだ?」サトが目を輝かせながらアヒルのような声で尋ねる。

「きゅ、九人……、十人……」ゲンは混乱しながら首を振る。

「十人も?　本当か?」興奮してまた跳び上がるサトをサンガキが厳しい目でにらむ。

「ああ、分らないです……」少年の顔が歪む。「九人?　十人……?」それよりも多かったかもしれない。少年はスパイの数を数えなかった。

「十人なら、牛牧場の人たちを全部殺したことになるな。牛牧場の主人がスパイだという噂は本当だったんだな!」

サトの言葉に人々はざわめく。

「サト!」

サンガキが叱りつけるとサトはしぶしぶ口をつぐむ。

「人間狩りだって?　それは何だ?」そう尋ねるサンガキの震える口元。顎に霧のように生えている髭も震える。

「スパイを捕まえて殺す狩人です」少年はサトをちらりと見ながら言う。

「君の名前は何だ?」サンガキがゲンの顔をまっすぐ見つめて尋ねる。

「ゲンです」

「年は?」

「十五歳です」

「どうして人間狩りになったんだ?」

「あ、それは……、リョタ兄さんがスパイたちのせいで日本が戦争に負けていると言ったんです。スパイを掃討しないと日本が戦争に負けるって……。堤防で友達を待っていたらリョタ兄さんがやってきました。兄さんが言ったんです。前から僕の友達と僕を見ていたって。友達は臆病者に見えたけど、僕は臆病者に見えなかったと言いました。城跡に上がる道だったんですが、自分についてくれば人間狩りにしてやるって。臆病者は決して人間狩りにはなれないって。それで友達を待つのをやめて兄さんについて行きました」

「家はどこだ?」

「西の端の村……」ゲンは言葉を止める。知っている顔があるかと人々を見回す。

「かわいそうに」サンガキは首を振り、舌打ちをする。「これからの残りの日々を暗い夜道ばかりを選んで隠れて生きなければならないなんて、かわいそうに」

サンガキは純粋に見えるゲンの将来が心配でならず、ため息がひとりでにでてくる。

しかし、ゲン自身は、実際に自分よりも六十年も長く生きているサンガキの言っていることを理解できない。

ゲンの腹から雷鳴のような音がする。

「腹へったか?」サンガキが尋ねる。

ゲンはうなずく。

サンガキが娘たちに言う。

「この子に食べ物をあげなさい」

次女が食べ物を取りに避難小屋へ向かう。サンガキの娘たちは前日、一人暮らしの父親を連れてフクロウの森の避難小屋に避難してきた。四日前に米軍が島に上陸すると、木村総隊長は島の全住民に避難命令を出した。

ゲンとサンガキを取り囲んでいた人々はひそひそ話をしながら散っていく。

「人間狩りだって……」サトが意味深に呟きながらその場を離れる。

戻ってきた次女が握り飯一つとイモ三つが入った竹の籠をゲンに差し出す。一日中何も食べていなかったゲンはがつがつと握り飯を口に押し込む。

サンガキの次女が言う。

「おなかをこわすから、ゆっくり食べなさい」

❖

フクロウの森から何かが突然飛び出してくる。驚いて後ずさりする朝鮮人古物商の前に一人の男が立っている。男の肩に掛かっている竹の籠からピヨピヨとひよこが鳴いている。

「朝鮮人！　避難しなかったのか？　避難しろという木村総隊長の命令を聞かなかったのか？」

「サトさん、こんにちは」

朝鮮人古物商が腰をかがめて挨拶する。

サトは桑の木にぶら下がって桑の実を食べていたが、朝鮮人古物商を見て急いで降りてきた。

「挨拶はやめろ！　俺たちはそんなに親しい間柄じゃないだろ、ちがうか？　なぜ避難しなかったんだ？」

サトと朝鮮人古物商は同じ村に住んでいる。

「私も妻と子どもたちを連れて山へ避難しました。しかし、長男が風邪をひいて熱がひどく、食べるものがなくて仕方なく降りてきました」

朝鮮人古物商の丁寧な口調と態度にサトは腹を立てる。彼は朝鮮人古物商が自分より十歳ほど年上であることを知りながら、依然としてため口で尋ねる。

「そうか？　それでどこに行くんだ？」

自分より二つ分は背の高い朝鮮人古物商を見上げるために、サトは豚毛のようなひげが密集した顎をいっぱいに持ち上げる。

「海辺に行ってきたところです。海藻でも拾って子どもたちに食べさせようと思って」

「海辺に？　そこには米軍がうじゃうじゃいるって言ってたが」

サトは疑わしげな目で朝鮮人古物商を見つめる。

「昨晩、牛牧場で米軍のスパイが処刑されたのを知っているか？」

朝鮮人古物商の瞳が泳ぐ。彼は何かを言おうと口を開いたが、かすかなうめき声しか出なかった。彼は山から下りて家に戻るとすぐに袋を持って家を出た。北の海岸には岩場が広がり、海藻が打ち上げられていた。

「九人か十人か、どちらにしろ人間狩りがスパイを殺して焼いたらしい」

「人間狩りですか？」

朝鮮人古物商は身震いし、鳥肌が立つ。

「スパイを捕まえて殺す狩人だ！」

「……」

「銃剣でめちゃくちゃに刺して殺したらしい。死ぬまで刺したって、どれだけ刺したんだろうな？」

朝鮮人古物商がほとんど反応しないので、興醒めしたサトは声をひそめて言った。

「生きているウサギを釘で刺して殺すと考えてみろ。どれだけ刺せば息が絶えるだろうな？」

バネのようにひよこが竹かごから頭を出した。

「タイフウ、入れ」

サトはヒヨコをかごに押し込み、朝鮮人古物商をにらんだ。

「この島で最高の闘鶏《タウチー》になるはずさ。俺がタイフウって名前をつけたんだ。島で一番怖いのは台風だから。でも台風よりもっと怖いものがこの島にできたんだ。スパイを殺す人間狩りさ」

そのとき、遠くから機関銃の乱射音が聞こえた。

「悪辣な米軍野郎ども！　俺たちをバラバラにして殺す気だ！」

サトは怯えて身を震わせた。

「玉砕しなきゃ！　玉砕しなきゃ！」

サトは朝鮮人古物商を残して叫びながら森に駆け込んだ。

❖

カラス山の中腹。

赤い川の源である渓谷に大畑村の住民が集まっている。四日前、村の北のカラス山に避難してきた彼らは、渓谷の水でイモを蒸し、子どもたちを洗っている。

妊娠してお腹が大きくなった女が、石で服を叩くようにしてゴマのようにくっついたノミを殺している。女は隣の女たちに、玉砕した別の島でどんなことが起きたのかを話している。

「その島の東の村の人たちは、一番高く険しい崖に登ったそうです。米軍野郎が男たちの手足を引き裂いて殺し、女たちは子どもたちの目の前で辱めて殺すと言われていたからだと。人々は押し合いながら崖の下に落ちたって。落ちた人々がぶつかった崖が血で染まり、血の泡が何日も沸き立ったそうです。崖の下にはまだ波に砕かれた遺体の破片が散らばっているようなんです」

「なんてことだ!」

「その島の西の村の人たちは、軍隊が『生きて辱めを受けることなく、玉砕せよ』と言って渡した手榴弾を持って村の裏山の洞窟に避難したそうです。家族や親戚同士が集まって『天皇陛下万歳』を三回叫び、手榴弾の安全ピンを抜いたんですって。でも手榴弾がうまく爆発しなかったので、村長が人々を洞窟の外に連れ出し、小さな木を引き抜いて、その破片で自分の妻や子どもたちを刺して殺したそうなんです。見ていた男たちも石や木の枝で自分の妻や子どもたちを殺し始めたみたいで。洞窟の前にはすぐに遺体が山のように積み上がり、血が小川のように流れたそうですよ」

「そんなことが！」

「森に逃げ込んだ人々は、家族同士で円になって草地に集まり、手榴弾を爆発させたそうです。森のあちこちで白い煙が立ち上り、火薬の匂いが漂ったみたいで。悲鳴、うめき声、絶叫……。森はすぐに引き裂かれた手足と肉片、血で覆われたそうです」

「本当か？」

「ある母親は幼い子ども三人の首をカミソリで切ったみたい。長男から順番に子どもたちの首をスーッと……。『お母さん、助けて。お母さん、怖い。お母さん、痛い……』と泣き叫ぶ長男の首を切り、その後に狂った母親は笑いながら残りの子どもたちの首を切り、自分の首も切ったそうです。でも首が切れかけた子ども一人が生き残り、顔を揺らしながら一人で家に戻ったようなんです」

「恐ろしい！」

「夫が妻を、妻が夫を、親が子どもを、子どもが親を、石や木の枝、カミソリ、鎌、鍬、斧で殺すのを見て発狂したある女は、沸騰した大鍋に赤ん坊を放り込んだそうです」

「作り話だろう？」

「ある男は斧を持って部屋に駆け込み、授乳中の妻に向かって斧を振り下ろしたそうです。妻と子どもたちを斧で殺し、自分も死のうとしたのですが、妻が避けたために斧が赤ん坊に当たり、赤ん坊の顎がずれたそうなんです。驚いた男は庭の土を掘って赤ん坊の顔に塗りつけたそうです。気絶していた赤ん坊が目を覚まして狂ったように泣き叫んだので、赤ん坊の母親がやかんの水を赤ん坊の顔にかけたところ、赤ん坊の顔が泥だらけになったそうです」

玉砕したという島は、この島から東に六〇キロメートル離れている。六〇キロメートルなら船で半日かかる。

❖

城跡の桜の木の下に、兵隊たちが集まっている。兵隊たちから遠くない場所では、人間狩りの少年たちが米軍が戦車で近づいてこないか見張っている。ミナトは牛牧場の燃えて灰の山となった小屋を執拗に見つめている。「ミナト！」と区長が呼ぶ声が聞こえ、彼は驚いて後ずさりする。

木村の小屋から太った男が出てくる。豚の屠畜場と牧場を運営している屠畜業者だ。彼は木村に会うために米軍の目を避けてカラス山を越えて城跡にやってきた。彼の謎めいているが鋭い目つきが少年たちに向けられる。

「リョタ！」

リョタが立ち上がる。彼を誇らしげに見つめる屠畜業者におじぎをする。

「大したことをしたな」

「沖縄の奴らの血は赤かった」

牛牧場でスパイ処刑式があった日、人間狩りと一緒にそこに行ってきた兵士が言う。

「肌が黒くて汚いから、血も汚水みたいだと思ってたのに」

その時、井戸の中から響いてくるような声が兵士たちに聞こえてくる。

「武器を捨てて降伏すれば全員助けてやる」

スピーカーから流れる声だ。米軍がスピーカーに向かって城跡に同じことを繰り返している。

「米軍の奴が下品な沖縄訛りで喋っているな」黒糖の塊を口に入れて吸っていた兵士が嘲笑する。

笑っている軍人たちの顔は鉄のように硬くなっている。

一人だけ笑っていない兵士が黒糖の塊をなめている兵士を見ながら尋ねる。

「武器を捨てて降伏したら本当に助けてくれるかな?」

黒糖の塊を奥歯で噛み砕きながら兵士が言う。

「城跡を降りる前に木村総隊長が撃った弾丸で頭が吹き飛ぶだろうよ」

第四章

1

名

❖

(9名が処刑される三日前の夜)

暗紫色の闇の中で黄緑色の光が瞬いている。一つ、また一つ、また一つ……増えていく光はホタルだ。ちょうどホタルが盛んに交尾をする時期だ。赤いカエルの森は数日でホタルの楽園になるだろう。交尾に成功したホタルはもっと大きくて明るい光を放つ。オスとメスが一つになることで光も一つになるからだ。

交尾に成功したホタルの一対が微かな光の曲線を描いて飛んでいく。

「遠くへ飛んで行け、遠く遠くへ飛んで行け……」

魅入られたように見つめ呪文を唱えていたチエコの後ろから老人の鼻声が聞こえてくる。

「チエコ、夜が深いな。小屋に入れ」

「あの人がまだ戻っていないんです」

耳が遠い父にはしかし娘の声がよく聞こえない。

家にゴザといくつかの必要なものを取りに行った夫のイトが戻らないまま夜になってしまった。夫は日が暮れる前に小屋に戻ると言っていた。

フクロウの鳴き声が不吉に聞こえる。

森が深くなっていくような錯覚に陥っていたチエコが我に返って父に尋ねる。

「お父さん、あの人がまさか米軍に捕まったわけではないですよね？」

島では一日中、米軍の戦車が移動する音と機関銃の音が散発的に聞こえていた。

「ん？」

「あの人がまさか米軍に捕まったわけではないですよね？」

「そんなわけないさ！」

「じゃあ、どうしてまだ戻ってこないんですか？」

「朝になれば戻ってくるさ」

父の断言にもチエコの不安な気持ちは収まらない。彼女は両手を胸の前で握りしめ、交尾に成功したホタルの光を探す。しかし今日は特に寂しそうに飛んでいるホタルしか目に入らない。

「チエコ、心を落ち着けて待てば戻ってくるさ。何でも心配しながら待つと余計に来ないもんだ」

その時、森の中からガサガサと音がする。

「あなたですか？」

しかし音は一瞬聞こえただけだった。

「お前さん、もう小屋に入りなさい。この年老いた寂しい父のために子守唄を歌っておくれ」

チエコの父は娘が森のヤブ蚊に刺されながら立っているのが気の毒で、まるで子どものようにせがんだ。

「私は全然眠くないんです」

「チエコ、お前の夫イトがどれだけ慎重でしっかりしているか、一番よく知っているだろう?」

父の言葉にチエコの不安は少し和らぐ。

「本当にすぐに暗くなってしまいました。いつ夜になるかと思っていましたが」

「そうだな、夏なのに日が早く暮れてしまったな」

「チエコ、父さんの言うことを聞きなさい。人も、漁船も、家出した犬も首を伸ばして待つと余計に来ないものだ」

どんぐりの殻のような小屋の中、クモの巣のような蚊帳の中にチエコと父が横たわっている。チエコは眠れない。彼女は夫が戻る足音を聞き逃さないように森から聞こえてくる音に耳を澄ましている。

家は赤いカエルの森から遠くないが、赤い川を渡らなければならない。

❖

（9名が処刑される二日前の朝）

カラス山の城跡へ続く山道。がっしりとした体格の男が汗を滝のように流しながらせっせと登っている。

チエコの夫、イトだ。彼の手には米軍が木村総隊長に送った手紙が握られている。「投降せよ」と日本語で書かれた手紙のせいで、彼は一人で敵地に向かっているような気分で恐怖と緊張を感じている。

夜が明けるのを待ちながら家にとどまっていた彼は、家々を捜索していた米軍に発見された。彼が電信局の整備員だと知った米軍は、彼の手に手紙を渡し、木村総隊長に届けるよう命じた。こうして彼は今、木村を探すために向かっているのだ。

城跡に向かって歩いていたイトは突然後ろを振り返る。彼の後ろには誰もいない。カラスの鳴き声が堂々と響く山道に自分一人だけという事実が彼の恐怖を増幅させる。米軍から手紙を受け取った瞬間、彼は追われるイノシシのように城跡へと走り出した自分の姿が思い浮かび、強い恥ずかしさが込み上げてくる。

〈手紙を捨てて逃げようか？〉

米軍が自分を尾行しているように感じる。陽光を受けてきらめく葉っぱが自分を狙う銃口に見える。手紙を地面に捨てた瞬間、弾丸が頭に撃ち込まれる気がする。

イトは昨夜米軍に捕まった場所で、数百人の米軍と戦車、大砲を見た。木村の軍隊はたった三十人ほどだ。馬鹿でも木村の軍隊が米軍に勝てないことはわかるだろう。

米軍の「投降せよ」という手紙を木村がどう受け取るだろうか？　手紙には投降すれば命を助けると書かれている。疑い深くプライドの高い木村が米軍の言葉を素直に信じるだろうか？

逡巡する間に十年も老けたような気分になるほど、イトは苦しく辛い思いをしている。汗で濡れた手で手紙をいじりながら、彼はふと山道の下を見下ろす。すべてがそのままだ。家、田畑、森、道、井戸……。城跡から南に七キロほど離れた赤いカエルの森まで見渡せる。鬱蒼と茂る森は気持ちよく揺れている。本島出身で、この島の電信局に赴任してきた彼は、この島が故郷のように温かい。島の住民たちとも親しくなった。素朴で優しいチエコは彼の子を宿している。手紙を渡すよう命じた米軍は、彼に善良な島の住民たちを傷つけないと約束した。木村隊が早く投降するのが住民だけでなく軍人たちにとっても最も賢明な選択だという確信が、彼の恐怖と恥ずかしさを和らげる。むしろ自分が重大な任務を果たしているという責任感さえ感じる。彼は一刻も早く手紙を届けるため、急な坂を一気に駆け上がる。

イトは穴の中に両足を突っ込んで立っている。彼はまるで小人のように見える。手紙は木村総隊長の手に握られている。手紙を読むとすぐに木村総隊長は城跡にいる少年たちに穴を掘らせた。

「米軍のスパイをするとは。天皇陛下のために名誉ある死を迎えるか?」

スパイの汚名を晴らすことができないと判断したイトは、学校で習ったとおりに言った。

「天皇陛下のために名誉ある死を迎えます!」

そして少し後、一発の銃声が山の下まで響き渡った。

❖

（9名が処刑される二か月半前）

村から少し離れた城跡へ続く山道の入り口にある家。その家の娘であり「島の女の子」であるユミコは縁側に座って髪を梳かしている。彼女はひたすら退屈だ。彼女は自分がそうであったように故郷を離れ、看護見習いとして女子寮で賑やかに過ごしていた那覇の日々が懐かしい。去年の秋、米海軍が那覇に大規模な空襲を行ったとき、病院と寮の建物が燃えた。彼女はその時、島に戻った。ちょうど部下を連れて村に降りていた木村がユミコを見かけた。

次の日、二人の兵隊がユミコの家を訪れた。庭の畑で唐辛子を摘んでいるユミコの母親に言った。

「木村総隊長があなたの娘を連れて来いと」

「私の娘を？」

「通信隊に看護婦が必要だ」

兵士が口に含んでいる黒糖の塊を転がしながら言った。

「私の娘は看護婦じゃない」

「あなたの娘が那覇で看護見習いだったことを知っている」

「待って。娘に聞いてみる」

台所に入って出てきたユミコの母親が兵隊たちに言った。

「娘は嫌だと言っている」

兵隊たちは素直に城跡に戻った。

次の日、同じ兵隊たちが再びユミコの家を訪れた。

「命令だ。木村総隊長があなたの娘を連れて来いと」

ユミコは仕方なく、下着と服を二着、櫛、手鏡、看護の教科書一冊を包んだ荷物を持って兵隊たちについて行った。幼い頃、毎日のように登って遊んだ場所だが、彼女には遠くて見知らぬ場所へ行くように感じた。

トラツグミの鳴き声が聞こえるとユミコは立ち止まった。

兵隊たちがユミコを見返す。

「何だ？　なぜついて来ないんだ？」

口調を荒げる兵士にユミコが言った。

「私は行きたくありません」

「何？」

兵隊たちは呆れる。

「木村総隊長の命令だと言っただろう」

「行きたくないんです」

ユミコは首を横に振った。彼女は温泉街に行ったとき、兵隊たちが昼間から泡盛を飲んで酔っ払い、暴れているのを見た。兵隊たちが朝鮮人の慰安婦たちを犬のように引きずり出し、狂ったように叫びながら茶碗を壊して騒いでいたが、誰も怖くて止められなかった。彼女は那覇に住んでいたときも兵隊たちが酒を飲んで暴れるのを見た。彼女が見習いをしていた病院から遠くない那覇港の前に遊郭があった。そこも米海軍の空襲で焼かれた。見習いの友達とその近くを通るとき、彼女は奇妙な気分になった。島で生まれ、十四歳まで島を離れたことのなかった彼女は、世の中にそんな場所があるとは知らなかった。

「命令に従わなければすぐに銃殺だと知っているか?」

❖

（9名が処刑される四か月前）

城跡で土窟掘り労働をしている少年たちの中には、リョタ、ミナト、リス、イタチ、タヌキ、マサルもいる。リョタは軍人と雑談をしている。彼は兵士たちと親しくなり、城跡で暮らしている。前日、強制的に連れてこられ、一晩中土窟を掘ったマサルは不満そうな表情をしている。彼の家はタバコ農業をしていて、働き手が一人でも欲しい。

リス、イタチと一緒にいたミナトが立ち上がり、マサルのそばに座る。

「どこへ行くことになるだろう」

ミナトがつぶやく。

「何？」

「召集令状が来たら。フィリピン、マレーシア、パラオ？」

戦争がいつまでも終わらなければ、少年たちは日本軍になって島を出るだろう。少年たちはまだ満二十歳にはなっていない。二十歳になるとすぐに召集令状が来る。そうすると少年たちは身体検査を受け、日本軍になって激戦地へ行くことになる。

マサルは朝に木村の小屋に水を運んだとき、偶然聞いた言葉を思い出す。小屋にはイケダが来ていた。

「スパイは友軍のように堂々と姿を現さない。いつ、どんな巧妙な方法で侵入してくるかわからない。この島の住民は誰でもスパイに変わり、敵に軍事機密を漏らす可能性があることをしっかりと肝に銘じておけ」

木村が小屋から出てくる。兵士と少年たちは立ち上がる。

少年たちに無心に視線を送っていた木村の顔が険しくなる。自分をじっと見つめている少年を睨みながら言う。

「マサル君、顔を上げろ！」

そして城跡で一番高い場所へと足早に歩いて行く。平和で爽やかな雰囲気に包まれている島を自分の足元に見下ろす。

「木村総隊長がお前の名前をどうして知っているんだ？」

ミナトが不思議そうに尋ねる。

「さあね」

❖

（9名が処刑される八か月前）

西の村の子どもたちの釣り場であり遊び場である堤防の上。

ヒデオが捕ったばかりの魚は霧のように白い。一瞬で蒸発してしまいそうだ。

緑色の神風戦闘機が堤防の上を飛んでいる。「神風だ！」戦闘機を最初に見つけた少年が叫びながら戦闘機に向かって手を振る。他の子どもたちも叫びながら手を振る。東から飛んできた戦闘機は島を横切って西へ飛んでいく。

出発時には複数の戦闘機だったのが、島に到着する頃には一機に減っていたことを子どもたちは知らない。アダンの木陰で網を編んでいた年老いた女が戦闘機を見つめながらつぶやく。「誰の息子かしら、可愛い顔してるわね」百歳を超えた年老いた女の目は白内障で空洞のように見える。前をうろうろする犬も見えない女は、戦闘機に乗っている少年の顔が目の前にあるかのように見えている。

戦闘機を最初に見つけた少年が言う。

「昨日、戦闘機が海で米軍の三機を撃ち落としたんだ！」

別の少年が言う。「俺は見てない！」

「馬鹿、太平洋の空でだよ！」

太平洋では日本軍と米軍が戦争中だ。

白い魚は今、堤防の上に置かれている。太ももほどの大きさの魚の体を覆う白い鱗が陽の光を受けて銀色に輝く。ミユの指が魚に触れたくてうずうずしている。

「おちびたち！」

魚を囲んで見ていた子どもたちの頭が上がる。子どもたちは自分たちより三、四歳年上の兄たちを見上げる。日本海軍の帽子をかぶった少年がヒデオの前に歩み寄る。帽子が大きくて口と顎しか見えない少年の手には石が握られている。少年たちの中にはゲンもいる。小便がしたいゲンが足を震わせながら海軍の帽子をかぶった少年に尋ねる。

「あいつか？」

白い魚を見ていた子どもたちが立ち上がる。兄たちは朝鮮人古物商の息子ヒデオに怒っている。怯えたミユが泣きそうになりながら兄の制服の上着の裾を握りしめる。

「スパイ！」

海軍の帽子をかぶった少年がヒデオに石を投げる。石はヒデオの太ももに当たって落ちる。

「スパイ！　スパイ！」他の少年たちもヒデオに石を投げる。ヒデオの友達の少年たちは怯えて見ているだけで、自分たちより体格の大きい兄たちを止められない。ちょうど堤防の近くを通りかかったリョタがその光景を見る。

ヒデオは魚を放り出し、ミユの手を握って家の方へ走り始める。

「スパイ！　もう一度会ったら殺してやるからな！」

❖

（9名が処刑される十一か月前）

米をすくう音、そして米を袋に詰める音。

庭で米粒が落ちる音をじっと聞いていた朝鮮人古物商が心の中でつぶやく。〈ミヨさんが米を一粒でも多く詰めようとしているんだな！〉

今日、朝鮮人古物商はその家で田植えの手伝いをした。この島は今、田植えの季節だ。

小柄でふっくらとした女が顔いっぱいに優しい笑みを浮かべながら台所から出てくる。大畑村の西に隣接する小畑村で大規模な米作り農家の女主人、ミヨだ。

ミヨが太ったウサギのような袋を朝鮮人古物商に差し出す。

「さあ、どうぞ」

袋を受け取りながら朝鮮人古物商は丁寧にお辞儀をして挨拶する。

「ありがとうございます」

「うちの娘があなたの息子さんをよく知ってるって。息子さんの名前は？」

「ヒデオです」

「ヒデオ！　うちの娘がヒデオと二年生の時に同じクラスだったんです。ヒデオが二年生の時、この島の国民学校に転校してきたんですよね？」

「はい」

朝鮮人古物商一家は二年前にこの島に引っ越してきた。

「うちの娘の名前はエイコです。エイコが言ってましたが、ヒデオは勉強もできるけど、歌もとても上手で、学芸会の時に全校生徒の前で独唱したって」

「はい、ヒデオは美しい声を持っています」

朝鮮人古物商の深い皺の刻まれた顔に笑みが広がる。

「エイコもそう言ってました」

「はい、ヒデオは歌うことが大好きです。それに一度聞いた歌もすぐに覚えて歌えるんです」

普段は口数の少ない朝鮮人古物商は、気分が良くてたくさん話す。

「美しい声を持っていると、自分も幸せですが、他の人も幸せにしてくれますね。私は子どもの頃から美しい声を持っている人が一番羨ましかったです。美しい顔より美しい声が欲しかったです」

目を細めて笑っていたミヨは、心から感じられる声で言う。

「ヒデオが歌う歌を聞いてみたいです」

「はい、いつかヒデオが歌う歌をお聞かせできると思います。最近、ヒデオは田植えの歌をよく歌っています。『道端の小さな草も米になる』と終わる歌です」

数日後、ミヨはヒデオの実父が朝鮮人古物商ではないという噂を隣の女から聞いて尋ねた。

「その子が朝鮮人古物商の実の息子ではないって、みんなはどうして知ってるの?」

「その女が自分の口で噂を広めていたのよ。長男の実父が日本の巡査だって。その女がそうさせたのか、朝鮮人古物商を父親とは呼ばずにおじさんと呼ぶんだって。おじさん、おじさんって。それで弟たちも長男に倣って父親をおじさんと呼ぶんだって。朝鮮人古物商は気が弱いのか、子どもたちが自分をおじさんと呼んでも叱らないんだって」隣の女が嘲笑する。

「そうなの? その女がどうして自分の身を落とすようなことをしたのかしら?」

ミヨは首をかしげる。彼女は朝鮮人古物商の妻をよく知らないが、他所から来てこの島で国防婦人会の会長まで務めたことを考えると、愚かな女ではないだろうと思っている。それで理解できないのだ。

「父親が朝鮮人であるよりも日本人の方が百倍も良いから噂を広めたんだろう。父親が朝鮮人だと子どももどうしようもなく朝鮮人だから」

「美しい声を持ってるのよ。朝鮮人古物商のことだけど」

ミヨはヒデオの声が美しいのは、朝鮮人古物商に似たからだと思っている。

第五章

❖

一歳。

木村はその赤ちゃんの名前を知らない。男の子か女の子かも知らない。彼はその赤ん坊の存在を少し前に知ったばかりだ。だから「スパイ名簿」に「赤ん坊」と書き込む。

牛牧場で九人がスパイとして処刑された翌日、島ではこうして「一歳のスパイ」が誕生する。

「赤ん坊、赤ん坊、赤ん坊!」

木村は赤ん坊が嫌いだ。赤ん坊は戦争に何の役にも立たない。それでもこの島の無知な女たちはネズミのように絶えず赤ん坊を産む。胸をはだけて赤ん坊に乳を飲ませている女たちが村ごとにあふれ、女の子たちは鼻水と唾液で汚れた赤ん坊を一人ずつ背負っている。

木村はスパイ名簿を閉じる。ろうそくの炎が揺れ、黒いすすを吐き出す。

最初の一歩を踏み出す前にスパイとなった赤ん坊は母親の背中におんぶされている。少女らしさが残る母親は、家から近い溝でクレソンを摘んでいる。母親は摘みたてのクレソンを赤ん坊の鼻に近づけて香りを嗅がせる。生まれて初めてクレソンの香りを嗅ぐ赤ん坊が「一歳のスパイ」となったのは、赤ん坊の父親がヨミチだからだ。それ以外の理由はない。

❖

一歳のスパイは祖父のヨイシネの腕に抱かれて「お父さん」と呼んでいる。

ヨイシネは三男にそっくりな孫の顔を優しいが心配そうな目で見つめている。三男が自分に似ているので孫も自分に似ていることになる。

「ヨイシネ」という姓を冠した村があるほど、この島に深く根付いた家の長であるヨイシネは、わずか六年前までは何不自由ない生活を送っていた。田んぼと畑があって家族を養うのに困らず、六人の子どもを全員本島に送って教育を受けさせた。生まれつき温厚寛大な性格で近隣の尊敬を集めていた。六年前、彼は日中戦争で長男を失い、人生最大の試練と悲しみに直面した。しかし、一年前にもう一人の息子を失った。長男と同様に日本軍の兵士として徴兵された次男は、パラオの戦場で戦死した。戦死の知らせを受け、彼は五日間一粒の米も飲み込めなかった。三男のヨミチは生きて戻ってきた。毎朝仏壇の前に罪人のように座って祈っていたのだが、彼は息子が戻ってきたことをただ喜ぶだけではなかった。本島で米軍の捕虜となっていた息子は、米軍を連れて島に戻ってきたのだ。

ヨイシネは黄金色の田んぼを見つめる。例年なら稲刈りで忙しい時期だが、人影は一つもない。みんな避難して村は空っぽだ。彼は避難しなかった。

❖

ヨミチは墓に近づく。亀の形に石を積み、漆喰を塗り重ねた石造りの墓だ。墓の入口を塞いでいる石の隙間にかすかに光が漏れている。

ヨミチは墓に近づく。石の扉に向かって島の方言で呼びかける。

「聞こえますか？」

墓の中からは何の返事もない。

「聞こえますか？」

石の隙間に漏れていた光が消える。

「私は大畑村に住むヨイシネのヨミチです。害はありません。決して害を加えません。だから怖がらずに私の話をよく聞いてください」

墓の中からは依然として何の返事もない。

「驚かないでください、驚かないでください」

石の扉に銃口を向けて緊張した目で自分を見つめている米兵にヨミチはうなずく。「驚かないでください」彼はその言葉を強迫的に繰り返しながら、米兵二人と一緒に石の扉を横に押して開ける。墓から吐き出された不快な臭いに米兵の一人が罵声を吐く。

身長一八〇センチを超える米兵が懐中電灯で墓の中を照らす。出産後の猫のように疲れ果てた女の顔が懐中電灯の光に浮かび上がる。女の口は叫び声を上げるように開いている。懐中電灯の光が女の顔に吸い付いている。

〈まるで幽霊だな〉

ヨミチは後ずさりするほど衝撃を受ける。〈あの顔が故郷の島の女の顔だというのか〉

女の顔に妻のケイコの顔が重なりそうになってヨミチは頭を振る。

別の懐中電灯の光が白髪の老婆を照らす。老婆は泥団子のような乳房をむき出しにして、前歯が全部抜けた口で妙な音を立てている。「チュッチュッ……」と舌を鳴らす音だ。老婆の両目は白内障がひどく、空洞のように見える。

「どうか怖がらずに私の話をよく聞いてください。私は米兵たちと一緒に避難した住民を探しています」

ヨミチは依然として島の方言で話す。そうすれば自分の切実な気持ちが完全に伝わると思ったからだ。

「助けて!」

老婆がひざまずいて座り、両手を合わせてこすりながら切実に懇願し始める。

「助けて!」

老婆の突然の行動にヨミチは傷ついた。

彼はすでに心に大きな傷を負っていた。それは島の住民たちから受けた傷だった。島の住民たちが彼に傷を与えようとしたわけではないが、まるで自傷行為のように彼自身が作り出した傷だった。彼は米軍と共に、島の山や森、ガマと呼ばれる洞窟に隠れた島の住民たちを探し出し、家に戻るよう説得していた。米軍が見守る中で島の住民たちを説得する間、ヨミチの頭の中では疑問が次々と湧き上がってきた。

〈彼らは誰だ？　なぜあんなに怯えているのか？　なぜ同じ島の住民である俺を信じられないのか？　彼らが信じているのは何だ？　日本か？　天皇陛下か？　この島に駐屯している海軍通信隊か？　木村総隊長か？〉

彼が不在の間に、島の人々の姿は変わっていた。彼が捕虜収容所であれほど恋しく思っていた島の人々の姿ではなかった。島の人々は本島の人々とは異なっており、沖縄の他の島の人々ともまた異なっていた。

ヨミチは混乱し絶望的な感情を抑えながら、島の方言で話し始めた。

「お祈りする必要はありません。害を加えません」

幼い女の子の泣き声が墓の奥から聞こえてきた。

「お母さん、怖いよ！」

女の子は米軍の懐中電灯の光に照らされ、ヨミチと米軍の前に引きずり出された。

老婆の背後にネズミのように隠れていた男の子二人も懐中電灯の光に照らされて引きずり出された。

彼らは北の村に住む人々で、米軍が島に上陸した日に一族の墓に避難していた。先祖の骸骨を一か所に寄せ、山で摘んできた葛の葉を墓の床に敷き、その上で寝ながら隠れていたのだった。

子どもたちの母親である女は未亡人で、日中戦争から生きて帰った隣人の男から、米軍が島の女を手当たり次第に襲うという話を聞いた。「獣だ、獣だ！　子どもたちが見ている前で襲われ、四肢をバラバラに引き裂かれるんだ」

叫び声すら上げられない女にヨミチが言った。

「米軍は住民を絶対に害しません。だからどうか私の言葉を信じて、もう墓から出て家に帰りましょう」

しかし女は首を横に振った。

「害しません。害しません」

米兵の一人が墓の中に足を踏み入れると、女は発作を起こした。

「いや、ダメです！　ダメ、ダメ！」

❖

「坊や、昔、この島には三羽の鳥が住んでいたんだよ。カラス、サギ、タカだったんだ。鳥たちは月が明るく照らす夜になると、この島のメブリ山に集まっていたんだ。その山は草が生い茂り、誰も訪れないので、鳥たちがゆっくりと月光を楽しむにはとてもよかったんだ。

黄金色の満月の夜、三羽の鳥はワシ山のガジュマルの木に集まり、月光を浴びながらのんびりとした時間を過ごしていた。

カラスが突然、カアッと悲しげに鳴いて言ったんだ。『私が子どものカラスだった頃、この島には飢える人はいなかった。夜になると人々は集まって歌を歌い、踊りながら月光を楽しんだ。でも、米びつが空になり、服が破れ、豚小屋の豚が減ってからは、人々は月光を楽しむことを知らなくなってしまった』

満月に向かって長く優雅な首を垂れていたサギがしばらく考え込んだ後に言ったんだ。『台風と干ばつ、洪水のせいだよ。結局、運命のせいだよ』

サギの言葉を黙って聞いていたカラスが黒い目を輝かせて言ったんだ。『サギ、わるいけど君の考えは間違っていると思う。天は善い心と善い行いには福を、悪い心と悪い行いには不幸を返すんだよ。福と不幸は運命ではなく、人間の心の使い方と意志にかかっているんだ。私たちはこの島で生まれ、この島の人々と共に生きている。人々が幸せでなければ、私たちも幸せになれない。この島の人々がどうすれば飢えずに、裸で過ごさずに済むかを考えよう。サギ、君は田んぼにいるから稲の収穫についてよく知っているね。タカ、君は野原を飛び回っているから農場のことをよく知っているよね。私は村を回っているから家のことをよく知っている。タカ、君からまず話してみてくれる?』

『今日は昼にこの島の東を飛んでいて、綿花を摘んでいる女たちを見たよ。昨夜この島を襲った嵐で綿花がほとんど飛ばされてしまっていた。植物にはそれぞれ適した土地がある。綿花はどんな土地でも育つけど、風が強い土地には植えないほうがいい。この島は風が強いからね。私はこの島の人々が綿花を少なくして、穀物をもっと植えたほうがいいと思うんだ』

タカの話を興味深く聞いていたサギが首をかしげて言ったんだ。『でも、綿花が不足すると布が不足して、人々は服を作れなくなるよ。お年寄りは冬に服がなくて凍えながら眠れなくなるだろう……』(仲原裕の試訳『久米島三島論』に収録された話の引用)

ケイコの声が突然かすれた。彼女の表情もそれに合わせてかすれた。赤ちゃんは眠ってしまった。

〈私の夫はどこにいるのだろう?〉

彼女は夫が戻ってきたものの、戻ってこなかったように感じた。

❖

米軍と別れて家に帰るヨミチは孤独感を感じた。

米軍と共に行動しているが、彼はまだ日本陸軍の軍服を着ている。本島の捕虜収容所でもずっと日本陸軍の軍服を着ていた。彼は米軍の捕虜になったことを恥ずかしく思っていたが、今はそうではない。死なずに生き残り、捕虜になったのは幸運だ。勝ち目もなく意味もない戦争でケイコを未亡人にしたくない。彼は本島の戦場をさまよっている間に生まれた息子が父親なしで育つことを望まない。彼は再び本島の前線に送られたら、銃を捨てて自ら捕虜になるだろう。

〈俺は誰なんだ?〉

ヨミチは自分が日本人であり日本軍の兵士だと信じていた。しかし、本土出身の兵隊たちと激戦地をさまよい、自分が沖縄人であることを痛感した。家や家畜が燃えるのを、沖縄の住民が銃弾や爆弾で悲惨に死んでいくのを目の前にしても気にしない本土出身の兵隊たちに彼は強い裏切りを感じた。〈どうしてお前たちは何とも思わないのか? お前たちの親や兄弟ではないが、お前たちと同じ人間が極限の苦痛に苦しみながら悲惨に死んでいくのが見えないのか?〉

〈戦争が終わったら、俺は自分が誰なのか分かるだろうか?〉

彼は頭から離れない疑問に再びとらわれた。

〈島の住民が今絶対的に信じてしがみついているのは何だ？　日本か？　天皇陛下か？　海軍通信隊か？　木村総隊長か？〉

島の住民は先祖の霊を祀っていた。先祖の霊がそばにいて自分たちを見守ってくれていると信じていた。だから家には仏壇があり、台所にはカマドの神様がいる。また、島の人々は木や石などの自然物を神聖視してそれに祈った。チャーギ（イヌマキ）、クロトン、フチマ（マサキ）……、家の敷地にある花木で飾った仏壇の前で毎朝祈っていた父の姿は彼にとって美しく高貴に見えた。しかし、亡くなった兄たちの生前の写真を置いた仏壇の前に黙って座っている父の姿はみすぼらしく見えた。

牛牧場の近くを通り過ぎるヨミチに不安が襲ってきた。つい先日、牛牧場で住民九人が米軍のスパイ容疑で処刑された。

彼は本島ですでに日本軍が住民にスパイ容疑をかけて処刑するのを見た。ある女は真夜中に懐中電灯で焼け跡になった自分の家を照らして立っていたところ、スパイの汚名を着せられ日本憲兵に逮捕された。憲兵たちは彼女の頭を丸刈りにし、羽の抜けた鶏のように痩せた彼女の体に半袖の軍服を着せた。どこからか布巾で頭を巻いた朝鮮人慰安婦たちを連れてきて、彼女たちに銃剣を持たせて女を刺して殺すよう命じた。女と同じくらい怯えていた慰安婦たちが躊躇すると、憲兵の一人が言った。「早く刺せ！」それでも慰安婦たちがためらうと、憲兵が言った。「お前たちもスパイか？」その言葉に慰安婦たちは震え、泣き、恐怖に駆られて目をぎゅっと閉じて「えい、えい」と声を上げながら女を刺した。その光景はヨミチが生まれてから見た中で最も奇怪でぞっとする場面だった。

〈住民九人が米軍のスパイとして殺害されたことを米軍も知っているだろうか？　知っているならなぜ何も言わないのだろうか？〉

❖

ケイコはぐっすり眠っている夫をじっと見つめる。夫は家に戻るとすぐに軍服も脱がずに寝入ってしまった。

〈私の夫は何なのだろう？〉

彼女は夫が自分にした質問を同じように問いかける。日は明るく照っていた。日本の軍人？米軍捕虜？　彼女は夫がどちらなのか分からない。夫は日本の軍人でもあり、米軍の捕虜でもある。

ケイコは夫の兄たちと自分の従兄たちを思い浮かべる。日本の軍人となって島を離れた彼らは、遺骨箱に納められて戻ってくるか、戦死通知書で帰ってきた。夫が戻るまで、ケイコは日本が戦争に勝つことを切に願っていた。そうすれば夫が生きて帰ってくると信じていたからだ。夫と共に徴兵されて島を離れた者たちが戦死したという知らせが届くたびに、彼女は夫が腕や足がなくても生きて帰ってくることを願った。夫は生きて米軍と共に戻ってきた。だから彼女は今、米軍が戦争に勝つことを願っている。そうすれば夫が生き続けられるからだ。夫が自分と赤ちゃんのそばで生きていること、それが彼女にとって最も重要だ。

ケイコは夫が着ている日本軍の軍服が脱ぎ捨てられた殼のように見える。脱ぐことができず仕方なく身に着けている殼。彼女はその殼を脱がせ始める。

❖

孵化したばかりのカッコウの雛が鳴き声をあげる中、カラス山の中を二人の少年が駆け抜ける。モグラとミナトだ。少年たちは満月のように丸く、苔に覆われた大きな岩の前で別れる。

雨季で山は苔が勢いよく繁殖している。

非常食として持ってきたイモを渓谷の水で洗っていた女たちがモグラを見つける。汗まみれのモグラが荒い息を吐きながら女たちに言う。

「木村総隊長が、山を降りる住民は米軍に協力するスパイとみなして銃殺すると言ってます！」

ミナトは山を降りている家族の一団を追いかける。彼は荒い息を吐きながら両腕を広げて家族の前に立ちふさがる。

「山を降りたら死にますよ！」

「ミナト？」

目を見開いて尋ねる男はミナトの隣人だ。

「おじさん、山にいてください！」

「米軍が家に戻れと言ったんだ」

「米軍が？」

「ああ、あの上の渓谷で米軍に会ったんだ。本島で米軍の捕虜になっていたという住民と一緒だった。名前はヨイシネ・ヨミ……」

「ヨミチですか？」

「ああ、ヨイシネ・ヨミチだ！　米軍は善良な住民を絶対に害さないと言っていた。山に残っていると米軍が日本軍と間違えて銃殺するとも言っていた」

「そいつは米軍のスパイです！」

「何？」

「ヨイシネ・ヨミチです！」

「いや、その人とその家族をよく知る者が言っていたんだ。絶対にスパイをする人ではないと。ヨイシネ・ヨミチが米軍のスパイなら、手に火をつけると言っていたよ。ミナト、お前も早く家に帰れ。両親がとても心配していたぞ。友達と一緒に城跡に行ったきり生きているのか死んでいるのか分からないと言っていた。お前の両親はもう山を降りたはずだ」

「おじさん、スパイになりたいんですか？」

「スパイ？」

「木村総隊長が、山を降りる住民はみんな米軍に協力するスパイとみなすと言ったんです」

「ミナト、スパイじゃないのにどうしてスパイになるんだ？」男は呆れたように苦笑する。

ミナトは牛牧場で何があったのか男に話したいのをぐっと堪える。彼は自分が人間狩りになったことを両親や隣人に知られたくない。

「おじさん、木村総隊長がスパイと言えばスパイなんです!」

❖

ヒデオが白い魚を捨てて逃げた堤防の上に広がる砂浜。背の高い男が歩いている。朝鮮人古物商だ。彼は長く細い腰をかがめて砂浜に落ちている缶を拾い上げる。米軍が食べ残した食糧だ。朝鮮人古物商は缶を顔の近くに持っていき、匂いを嗅ぐ。よく煮た豚肉の匂いがする。缶の中の淡い茶色の塊を指で少し取り、口に入れて味わってみる。見知らぬ味だ。腐っているようにも感じるが、缶を袋の中に入れる。家には食べ物がない。子どもたちの制服についていた金属ボタンも全部取って銃弾を作るのに使うほど戦争が長引いており、半年以上も古物商の仕事は全くできていない上に、みんなが森や山に避難してしまったので仕事をして食糧を得ることもできない。西の村から小畑村に引っ越してきた彼の家族は、彼が日雇いで得てくる穀物で生活していた。本島から移住してきた彼らにはこの島にサツマイモを植えて食べる畑もない。家もなく、一部屋を借りて住んでいる。島には畑が広がっている。人の畑からこっそりサツマイモを掘って食べることはできない。彼は物乞いをすることがあっても、盗みは絶対にしないだろう。島に住んで以来、人の畑からこっそり唐辛子一つ摘んだこともない。

❖

赤いカエルの森。チエコは地面にへたり込み、青紫色に打ち身ができた胸をかきむしりながら苦しんでいる。夫がスパイとして銃殺されたという衝撃と悲しみを耐えきれず、彼女は自分自身を叩き、引っ掻きながら夜を過ごした。気を失いそうになって目が覚めた彼女は、手をこまねいて見ていただけの住民たちへの恨みと怒りが増して、昨晩よりもさらに苦しんでいる。

トラツグミの鳴き声が森に物寂しく響く。チエコは顔を上げ、木々の間に立っている人々を見つめる。彼女の隣人たちであり、彼女の夫イトが城跡でスパイとして処刑されたという噂を聞いた人々だ。

彼女は毒を飲んだネズミのように口から泡を吹きながら苦しみ、カシの木の間に立っている女に尋ねる。

「私の夫がスパイですか？」

チエコの友人である女は答えない。

「お願い、教えて。知りたいの。私の夫は米軍のスパイですか？」

それでも答えがないので、チエコは赤ちゃんを抱いている女に尋ねる。

「おばさん、私の夫はスパイですか？　私の夫がスパイだなんて私だけが馬鹿みたいに知らなかったんですか？」

その女も何も答えないので、チエコはモクマオウの木に手をついて斜めに立っている老人に尋ねる。

「おじいさん、私の夫はスパイですか?」

しかし老人も答えない。

「みんな黙っているのね……」

チエコは人々が何も言わないので体のすべての血管が燃え上がるように怒りが込み上げる。

「教えて、私の夫はスパイですか?」

人々は一人また一人と彼女から背を向けて木々の間に遠ざかっていく。

「行かないで! 行かないで! お願いだから教えて! 私の夫はスパイですか?」

チエコは矛で魂が貫かれるような苦痛を感じる。彼女の中で生まれた凶暴で毒々しい力が彼女の心臓を引っ掻き、眼球をえぐり、喉を絞め、舌を焼く。

彼女はあまりの苦しさに目の前のカシの木に飛びかかる。苔に覆われた幹を手で引き裂き始める。爪から血が流れるが痛みは感じない。彼女は森のすべての木を引き裂くことができるように感じる。

片方の足にだけ草鞋を履いた老人が両腕を前に伸ばすように差し出し、チエコに近づく。老人がいつも突いている杖は地面に捨てられている。

「チエコ、かわいそうな我が娘よ……」

老人は娘を抱きしめ、血のついた娘の手を自分の服でぬぐう。

「お父さん、みんな口が閉じちゃったみたい。ああ、苦しい……。お父さん、ナイフを持ってきて。閉じた口をナイフで裂いてあげなきゃ」

父の胸で死にかけの鳥のようにぐったりして苦しんでいたチエコは、疲れ果てて眠りに落ちる。

夢の中でチエコはへその緒がついた赤ちゃんを抱いている。飼い葉桶のように大きくて真っ黒な釜が彼女の前に置かれている。釜では水が煮えたぎっている。

〈赤ちゃん、お母さんはどこに行ったの?〉

夢の中で彼女は狂っている。

〈お母さんはどこに行ったの?〉

赤ちゃんは頭蓋骨のような石になったり、醜い野良猫になったり、腐ったかぼちゃになったり、また赤ちゃんに戻ったりする。生まれたばかりのように糸のような布切れ一つ身にまとわない赤ちゃんは冷たくてぞっとするような気配を放つ。

彼女は釜の上に赤ちゃんを持っていく。

〈お母さん、お母さん、お母さん……〉

彼女は呪文のように唱えながら湯の中に赤ちゃんをぼちゃんと落とす。彼女は山羊の脚のような木の杓子でお粥にするように釜の中をかき混ぜる。

チエコは根のように地面にうつぶせて目を見開いている。彼女はまるで死んだように見える。湿った地面からは苔が勢いよく生えてきている。アリ、ミミズ、クモ、ムカデがうごめいている。

彼女は血を吐きたいが、かすかなうめき声さえ出す力が残っていない。

老人が水の入った鉢を持って娘に近づく。老人はまだ片方の足にだけ草鞋を履いている。

「チエコ、お腹の赤ちゃんを考えなさい」

老人は娘の体を起こす。藁のようにぐったりした娘の肩を片腕で抱きしめる。日焼けして深いしわが刻まれた手で娘の顔についた土を払う。娘の小さな顔はさらに小さくなってしぼんだイモのようだ。紫色の芽が娘の顔のあちこちに出ているようだ。老人は娘の髪と服についた土も払う。

「水だよ、飲みなさい」

彼女は水の匂いを嗅ぐ。彼女は幼い頃から水の匂いが好きだった。井戸に顔を突っ込んで水の匂いを嗅いでいて、井戸に落ちそうになったこともあった。

「チエコ、かわいい我が娘よ、口を開けなさい」

チエコは口を開ける。しかし、閉じているように見えるほどほんの少ししか開けられない。

涙が枯れた彼女の瞳は動かない。

老人は赤いカエルの森に最も近い井戸から汲んできた水を娘の口に流し込む。水を飲んで少し元気を取り戻したチエコが老人に尋ねる。

「お父さん、あの人は本当に死んだの?」彼女の瞳はまだ動かない。

「チエコ、イトは死んだよ」

「誰があの人を殺したの?」

「チエコ……」

「誰があの人を殺したの?」

「私の娘よ、この父の言うことをよく聞きなさい……。イトが生きていても、いつかお前から離れるだろう……」

チエコの目が稲妻のように光る。

「いつか戦争が終わったら、この島を……、お前から離れるだろう。本島にイトの本妻と子どもたちがいることはお前も知っているだろう?」

チエコは首を横に振る。

「お父さん、イトは私の夫です! それに私はあの人の赤ちゃんを身ごもっているんです!」

「イトはお前の夫だ……。イトがお前をどれだけ大切にしていたかこの父はよく知っている。お前たち二人がどれだけ仲の良い夫婦だったかこの父は知っている。この父の過ちだ……。本島から来た男を家に入れるべきではなかった。イトとお前が互いに好きだと知ったとき、イトを家から追い出すべきだった。本島に本妻と子どもたちがいると知りながら追い出さなかったこの父を恨んでくれ。チエコ、イトを忘れなさい。生きていても、いつかお前を離れるイトを忘れなさい。私はイトが限りなく憎い。故郷に妻子を残し、島の純真な娘であるお前の心を勝手に奪ったイトが限りなく憎い。海を渡ってきた男たちはみんな島の娘を泣かせて去っていく」

チエコが激しく首を振ると体を起こす。

「チエコ、どこへ行くんだ?」

老人は娘の後を追いかけるが、肩を落として立ち止まる。鉢が傾いて中の水がこぼれる。

老人は五日もすれば娘の気が戻るだろうと考える。彼は一夜で夫や子どもを失っても平然としている女たちを島でたくさん見てきた。彼の母もそういう女だった。

チエコは石橋の欄干に手をかけ、流れる川の水を見つめている。石橋のあちこちに白いハイビスカスとピンクのハイビスカスが混じって落ちている。石橋の両側にあるハイビスカスの木々は無心に花を落としている。石橋の下を流れる赤い川は、明け方に降った雨で水かさが増している。

海へと流れ込むその川を島の住民たちが赤い川と呼び始めたのはいつのことだったか、この頃その川に赤い蛇の群れが流れ着いたことがあったからだった。チエコが幼い頃だった。彼女は友達と川岸で遊んでいて、赤い蛇が川の水に流されていくのを見た。川の水は海へと続いている。

チエコのスズメのように小さな足が持ち上がる。足に踏まれてくっついていた白いハイビスカスも一緒に持ち上がる。足はますます高く持ち上がる。近くでスズメの群れが騒がしく鳴いている。足はどんどん高く持ち上がり、一瞬にしてどこかへ消えてしまう。踏みつぶされた白いハイビスカスが誰かが落とした魂のように音もなく舞い降りる。

❖

北の村、夕陽の照る一本道にヤスコが立っている。背中に末っ子をおんぶした彼女は城跡を見上げる。

土埃が舞う道の両側にはサトウキビ畑が広がっている。甘い汁も苦い汁も出そうにない痩せたサトウキビが夕陽を浴びて燃えているようだ。

ヤスコが道を歩き始める。

「ヤスコ！　ヤスコ！」

突然聞こえてくる声にヤスコは驚く。彼女は慌てて周囲を見回す。

「ヤスコ、どこへ行くの？」

石の墓から聞こえてくる声だ。

「ヤスコ、私だよ。どこへ行くの？」

ヤスコと仲の良い隣人の女の声だ。墓はその女の家の墓だ。女は墓の入り口を塞いでいる石の隙間からヤスコを覗いている。

「夫が帰ってこないから……。城跡に行ったきり音沙汰がないの」

ヤスコの夫は北の村の区長だ。夫が帰ってこないので、彼女の家族は避難できなかった。

「何の仕事をさせられているのか、もう四日以上も引き留められているなんて」

ヤスコが行こうとすると、女が言う。

「ヤスコ、早く家に帰って隠れていなさい。無鉄砲に歩き回って米軍に会ったらどうするの？」

「心配で家にいられないの」

「心配しないで」

「どうして心配しないでいられるの」

「心配したって生きて帰ってくるわけじゃないんだから」

「え？　それどういう意味？」

「何が？」

「生きて帰ってくるわけじゃないって？」

「ヤスコ、早く家に帰って隠れていなさい。米軍が近くにいるようだから」

ヤスコは再び足を進められず、城跡を見上げたまま立ち尽くす。彼女は牛牧場で起きた出来事を知らない。

❖

「チエコ、チエコ……」

老人は片方の足にだけ履いた草鞋を引きずり、血管が浮き出た首を落とし、両腕をだらりと垂らして歩く。杖はどこかに捨ててしまった。前歯が抜けて奥歯だけ残った口から松脂のような唾液が垂れる。目には目やにがこびりついている。老人は避難小屋にいる理由がなくなった。

「この父を残して死ぬなんて……」

老人には娘が二人いた。長女は嫁ぎ、次女チエコと二人で仲良く暮らしていたが、チエコがイトと夫婦になってからは娘夫婦と一緒に暮らしていた。

岩を覆う葛の葉を両手で摘んでいた女が老人を見て近づく。

「チエコが川に身を投げたって本当ですか！　年老いた父親を残して若い娘が自ら命を絶つなんて、全く……」

老人は口から漏れていた泣き声を止めて目を見開く。葛の葉を手に持ち、舌打ちをする女を怖い顔で睨む。

「誰がそんなこと言ったんだ？　誰だか知らないが、その口に糞を詰めてやらないと！」

頭を鶏のように振っていた老人は牛糞のような石を拾い上げる。

「私の娘が自ら命を絶ったなんて言いふらしている奴は誰だ？」

驚いた女が葛の葉を振り回しながら後ずさる。

「じゃあ誰が殺したんですか？　誰が殺したんですか？」

「誰が？」老人は嘆くように呟き、足を踏み外したようにふらつく。芭蕉布の着物を着た老人の腰にゆるく巻かれていた紐がほどける。

「誰が？　私の娘を誰が殺した？　誰が殺した？」

「まさか人間狩りが殺したんですか？」

人間狩りが牛牧場で人々を殺し、小屋と共に焼き払ったという噂はすでに赤いカエルの森に広まっていた。

「違う、違う……」

ふらつきながら頭を振っていた老人は地面に倒れ込む。老人の曲がりくねった腕と足が空に向かっている。芭蕉布の着物の裾が広がり、へこんだ腹と股間、空っぽのカマキリの卵巣のような太ももが露わになる。

「違う、違う……」

老人は起き上がれず、空に向かって四肢を震わせる。

「戦争……、憎たらしい戦争が私の娘を殺したんだ……。娘だけじゃない。腹の中の赤ん坊も殺した……。チエコ、かわいそうな私の娘チエコ、チエコ……。誰が戦争を起こしたんだ？友軍？　米軍？　イギリス軍？　天皇陛下？　ああ、天皇陛下！」

老人は四肢をさらに激しく震わせる。

「天皇陛下万歳！　天皇陛下万歳！」

老人の全身が痙攣し、縮んでいく。竹で編んだ籠に収まるほどに縮んだ老人は、森に捨てられた赤ん坊のように泣き叫び始める。

「狂ってる！　狂ってる！」

女は葛の葉を捨てて叫び声を上げ、自分の避難小屋に駆け戻る。

❖

霧がすっかり晴れた城跡。

木村とイケダは山や森、洞窟や墓から出て家に戻る住民たちを見下ろしている。早くも下山して鎌を持ち田んぼに向かう一団を睨んでいた木村が怒りのこもった声で言う。

「この島にはスパイがうじゃうじゃいるな！」

イケダは木村がこの島を玉砕しなかった理由が気になっていた。自分が総隊長だったら、住民に避難命令ではなく玉砕命令を出し、自分は名誉ある切腹自決をしていただろう。

木村が急に振り向いて言う。「どうやら人間狩りがもっと必要なようだ」

翌日の遅い午後、警防団長たちが米軍の目を避けながら城跡へと向かう。木村に呼ばれて城跡へ向かう彼らの顔はみな心配と不安で硬くなっていた。

第六章

❖

トラフズクの森と隣接する貯水池の近くで迷っていたゲンの足首に何かが巻きつく。

瞬間、牛牧場の小屋で手が足首に巻きついたことを思い出し、ゲンの心臓がドキンと鳴る。

花がすでに散った山桜の上の巣からカッコウが飛び立つ。カッコウはツグミの巣にこっそり卵を産んで飛び去っていくところだ。

〈あの手はもうない。俺が引き裂いたから〉

ゲンは足首を見下ろす。野いちごのつるが足首に絡みついている。

❖

「タマキさん、こんにちは」

無愛想な印象のタマキは、彼に丁寧に挨拶する朝鮮人古物商に目もくれない。カラス山に避難していたタマキは今朝家に戻ってきた。避難荷物を解くや否や、タバコ畑を見回りに行くところだ。

「まるで牛と鶏が見ているかのように、きちんと挨拶するんだな」

「根性のない朝鮮人だ！」

「根性がないから日本軍の奴隷になって沖縄まで引っ張られてきたんだろ。朝鮮人は日本軍の奴隷！　朝鮮女は日本軍の玩具だ！」

ちょうど豚の屠畜場の庭に集まっていた男たちが一言ずつ言う。避難から戻った彼らは今日久しぶりに豚を屠った。豚は解体されて四つの袋に分けられ、木村に送られた。

男たちはキツツキのように歯をカチカチ鳴らして笑う。

タマキは笑わない。彼は普段から朝鮮人古物商を無視している。朝鮮人古物商は詐欺師ではない。泥棒でも強盗でもない。むしろ礼儀正しく、性格が素朴で落ち着いている朝鮮人古物商をタマキは見るのも嫌いだ。

タマキは本島の読谷で半年以上も滑走路を整備する工事現場で働いて戻ってきた。工事現場には朝鮮半島から来た男たちも働いていた。そのとき、彼は日本軍に鞭で打たれ、「アイゴー、アイゴー」と泣く朝鮮人たちを見た。工事現場の近くの農家で牛に与えるためにおからと一緒に大釜で煮ているサツマイモを乞う朝鮮人たちを見た。売られていく家畜の群れのように野原を歩く朝鮮人たちを見た。彼は朝鮮人古物商を見るたびに、本島で見た朝鮮人たちを思い出し、複雑な気持ちになる。彼は朝鮮人が自分の故郷の島にまで来ているとは思わなかった。

❖

貯水池の水で顔を洗って戻ろうとしたゲンは、偵察中の米軍と鉢合わせする。米軍は震えながら立っているゲンを見つめるだけで去って行く。彼らの目にはゲンが島の汚くて不良に見える少年に過ぎない。

ゲンは家に帰りたいが母の顔を見られない。鶏も殺せない臆病な母。〈お母さん、お母さん……〉赤ん坊のように母を呼んでいたゲンは茂みの上に倒れる。突然、未亡人の母を無視していた村人たちの顔が次々と浮かび、憎しみが腹の中で燃え上がる。〈殺してやる〉。歯を食いしばって眠りについたゲンは、ツグミの鳴き声に驚いて飛び起きる。

喉が渇いたゲンは井戸を探して西の村をうろつき、屠畜場の近くでリョタと出くわす。リョタは城跡から降りてきて、人間狩りになりそうな仲間を探しているところだ。

「お前、この野郎!」

リョタはゲンに向かって牙をむき出しにする。逃げようとするゲンの襟首をつかむ。鼻から血が出るまで拳でゲンの顔を殴る。

顔が青く腫れ、鼻と口に血がべったりついたゲンはリョタに従って城跡へ向かう。彼は自分がまだ人間狩りであることに恐ろしさを感じながらも安心感を覚える。兄たちが自分を見つけて殺さないかと不安に震えながら一人で森をさまよわなくても済むのだ。

「リョタ兄さん！」

「なんだ？」

ゲンは森で米軍に会った話をしようとするがやめる。

「リョタ兄さん！」

「なんだ？」

「牧場で俺たち何人殺したんだ？　スパイのことだよ」

「九人だ！」

「十人以上じゃなかったか？」

「ゲン、お前まさか一から十まで数えられないのか？」

「俺をバカだと思ってるのか？」

目をぎらつかせながらリョタに従っていたゲンは再び「リョタ兄さん！」と呼ぶ。

「なんだ？　また何が気になるんだ？」

「兄さん、まだ戦争は終わってないよね？　スパイを処断すれば日本が戦争に勝てるんだよね？」

「そうだ！　この島にはスパイがうじゃうじゃいる」

❖

島の人々がバッタ丘と呼ぶ坂道。茂みの中で機関銃が勝手に空に向かって弾丸を発射している。

機関銃から二、三歩離れたところに、米軍に頭を撃たれた少年が死んでいる。弾丸が貫通した頭から血が凄まじく噴き出している。少年の頭から跳ね飛ばされた海軍の帽子が道に転がっている。

少年の向かいの茂みには、体格のいい男が胸と腹から血を流して死んでいる。米軍の戦闘機が落とした爆弾に当たって沈没した軍糧船から脱出し、城跡に上がった船員だ。

少年と船員は今朝、木村総隊長の命令を受けて城跡から降りてきた。バッタ丘の茂みに潜んでいて、通りかかる米軍のジープに向かって機関銃を撃った。

❖

桑の実を食べて口がカラスのくちばしのように黒くなった少年たちがトラフズクの森の前に集まっている。朝鮮人古物商の息子フミオもいる。小さな弟を一日中追いかけているキコがフミオの手をしっかり握っている。

「スパイのせいで学校が燃えたんだ」坊主頭の少年が言う。

「スパイのせいで俺の兄貴が死んだ」白いウサギをぬいぐるみのように抱いている少年が言う。

「この島にはスパイがうじゃうじゃいるんだ」お腹がヒキガエルのように膨れている少年が言う。

「スパイって何?」キコが尋ねる。

「告げ口屋!」

「探り屋!」

少年たちが競うように言う。

「誰がスパイなの?」キコがまた尋ねる。

米軍のビラを拾う人、米軍に暴行された女、米軍に捕らえられて解放された人。沖縄語を話しても、島の方言を使ってもスパイだ。日本軍よりも良い食べ物を食べてもスパイだ。

少年たちはスパイごっこをしようとしている。スパイを尾行して処刑する遊びだ。避難から戻った少年たちはスパイごっこに夢中になっている。

誰がスパイになるのか？

「お前がスパイをやれ」坊主頭の少年がフミオに言う。

「嫌だ。人間狩りをやりたい」

「お前がスパイをやれ」白いウサギを抱いた少年が強く言う。

「俺はスパイなんてやりたくない！」

「朝鮮人だからスパイをやれ」坊主頭の少年が言う。

「朝鮮人はみんなスパイだ」お腹が膨れた少年が言う。

「俺は朝鮮人じゃない！」フミオが言う。

「お前の父さんが朝鮮人だから、お前も朝鮮人だ」白いウサギを抱いた少年が言う。

「違う、俺は沖縄人だ。日本人だ」フミオが言う。

フミオは自分を沖縄人だと思っている。そして日本人だとも思っている。島に向かう船の中で母親が耳元で囁いた言葉を彼は覚えている。「お前は沖縄人だ、日本人だ」船の中には人だけでなく、鶏、山羊、雉も乗っていた。朝、那覇港を出発した船は夕方になって島の港に着いた。その時、フミオはキコと同じくらい幼かった。キコはまだ乳飲み子だったので、家族全員が船に乗って島に来た日のことを覚えていない。

スパイごっこに参加したいキコが言う。「私がスパイやる！」

フミオはスパイになってトラフズクの森に逃げ込む。

キコはフミオ兄さんが素早いリスのように木々の間を走り去るのを不機嫌そうに見つめる。兄たちはキコをスパイごっこに入れてくれなかった。

フミオは谷のふもとの地面に突き出た木の根の間に隠れる。

〈沖縄人？　日本人？　朝鮮人？　父さんが朝鮮人だから俺も朝鮮人なのか？　違う！　俺は朝鮮人じゃない！〉フミオは頭を横に振る。彼は朝鮮人が嫌いではないが、朝鮮人になりたくない。

少年たちの足音と興奮した息遣いが聞こえる。フミオは本当にスパイになったような気がする。朝鮮人が全部スパイなら父さんもスパイだ。足音が近づいてくる。さらに身を伏せていたフミオは、銀色の毒蛇を見て叫び声を上げて飛び起きる。

「スパイだ！　スパイだ！」

人間狩りになった少年たちは、葛のつるでスパイの手首と足首を縛る。葛の葉でスパイの目を覆う。

「刺し殺せ！」

少年たちは興奮して木の枝でスパイの肩と腹を刺す。坊主頭の少年が振り回す木の枝がフミオの顔を刺して血が流れる。驚いたキコが泣き出す。

少年たちは、牛牧場で人間狩りがスパイをどうやって殺したかを大人たちから聞いて知っている。

❖

トラフズクの森の近く、小畑村の警防団長は前から歩いてくる誰かを見かける。ヨイシネ・ヨミチだ。灰色の着物を着て草鞋を履いた警防団長は、住民の目を避けて朝早く木村総隊長に会いに行く途中だ。手に持った袋の中には木村総隊長に渡すタバコと泡盛が入っている。

警防団長は困惑した表情を隠そうとしない。

「戻ってきたと聞いたよ」

警防団長はヨミチの兄と親しかった。兄が日中戦争で戦死していなければ、二人は義理の兄弟になっていただろう。彼は自分の妹が仲の良いヨイシネ家の嫁になることを本当に望んでいた。彼の妹はヨミチの兄が死んだ翌年、大畑村の他の家に嫁いだ。

警防団長は自分を見つめるヨミチの目に親しみと共に責めるような表情を感じ取る。

警防団長は村人たちが自分に恨みや敵意を抱いていることを知っている。彼は村人たちに戦地へ息子たちを送り出すよう奨励し、軍に協力しない者がいれば警防団員と共に訪れ厳しく警告し、説教した。

「ヨミチ、米軍は何の目的でこの島に来たんだ?」

ヨミチがきちんとした口調で、親しみのこもった微笑みを浮かべて答える。

「解放しに来たんです」

「解放?」

「はい、うんざりする戦争から解放しに来たんです」

「この島を戦場にするために来たんじゃないのか? 本島では米軍が洞窟に避難した住民まで見つけて殺しているそうだ。洞窟に火炎放射器攻撃をし、爆弾を投げ込んでいるらしい」

「日本軍も住民を殺していますよ。我々沖縄人を」

「お前は米軍を信じるのか?」

「兄さん、米軍を信じなければなりません。そうすればこの忌々しい戦争を一日でも早く終わらせることができます。米軍が圧倒的に優勢であることを兄さんも知っているでしょう」

「ヨミチ、私は米軍を信じない。日本軍も信じない。しかし、日本軍は味方であり、米軍は敵だ」警防団長は妻にも言えなかった心の内をヨミチに打ち明ける。


ヨミチと別れて家に戻る警防団長は複雑な心境だ。日本海軍通信隊が島に入ってから、村ごとに治安維持を名目とした警防団が組織された。学識があり、一定の生活水準を持ち、日本文化を身につけた者たちが団長となり警防団を率いた。しかし、治安は口実に過ぎなかった。警防団は村人たちを監視し、強制的に労役に動員し、木村総隊長の命令を村人たちに伝える役割を主に担っていた。

警防団長は北の村の警防団長が処刑されたことを知り、誰よりも衝撃を受けた。彼は九人もの人々が、それも女たちまで殺されたという事実よりも、その九人の中に警防団長が含まれていたことに驚愕した。北の村の警防団長は木村隊に協力的だった。彼は改めて木村がひどく恐ろしくなり、徹底的に隠して抑えてきた怒りが込み上げてくるのを感じた。木村の満たされることのない要求と病的な疑念にうんざりしていた。木村は島の住民たちをいつでも敵軍のスパイに変わり得る存在と見なしている。老練で落ち着いている彼は木村の前で自分の感情をよくコントロールしていると思っていたが、自分の本心が木村に見透かされているような不安を感じることがある。

心配に沈み、硬直した警防団長の顔色が暗くなる。彼に腰を折って挨拶をしてくる男のためだ。

〈朝鮮人だな……〉

警防団長は、朝鮮人古物商が自分の村に住んでいることがひどく気になる。木村は朝鮮人古物商の存在を知っている。誰かが朝鮮人古物商について悪い噂を流したかもしれない。木村はスパイの疑いをかける住民を見つけることに必死だ。朝鮮人が古物商をしながらリヤカーを引いて家々を回っていることについて、秘密情報を収集していると言う住民がいることを警防団長は知っている。サトが一昨日、自分の家に突然訪れて密告するように言ったことも気になる。

「警防団長さん、朝鮮人古物商の家を通り過ぎたら、子どもたちが縁側に雀の雛のように並んで座って米軍の食糧を美味しそうに食べていましたよ」

警防団長は、牛牧場で起きたことが自分の村でも起こるのを決して望んでいない。

〈この島に最初から朝鮮人を入れてはいけなかったのだ……〉

警防団長は、朝鮮人古物商に対しても自分の本心を完全に隠して礼儀正しく頭を下げる。

「ユリが咲きましたね」

「ああ、そうですか?」

「昨日までは見えなかったのに、今朝庭に出てみたら二輪咲いていていました」

「警防団長さんのお宅の庭が明るくなったでしょうね」

「例年よりユリがずいぶん遅く咲きました。時期外れに咲いたからか、あまり嬉しくないものです。そういえば、朝鮮では部屋に鳥が入ってくると良くない兆しだと言われているそうですね?」

「そうですか? 私は朝鮮を離れてから長いので、朝鮮語もほとんど忘れてしまいました」

軽く頭を下げて歩き出した警防団長は、ふと振り返る。その間に朝鮮人古物商はもういない。

〈スパイか……〉彼は自分の島にスペイン風邪より恐ろしいものが、すでに家々に広がっていることを感じる。スペイン風邪が大流行したとき、その酷い病原体は海に囲まれたこの島にまで入り込み、彼の母親の命を奪った。

❖

灰色の芭蕉布をまとい、白髪を乱した老人が急いで田んぼの畦道を歩いている。稲を刈っていた人々が老人を見る。ヨイシネだ。彼はピンクの鳳仙花が咲き誇る家の庭に入り、息を切らして息子を呼ぶ。

「ヨミチ！　ヨミチ！」

赤ん坊を背負い、台所で茄子を炒めていたケイコが驚いて庭に出てくる。

「ヨミチ、すぐに遠くへ逃げろ！」

ヨイシネは木村のスパイ名簿についての噂を聞いた。ヨミチの名がスパイ名簿に載っていることは火を見るより明らかだった。

義父と夫の間に不安そうに立っていたケイコは、茄子が焦げる匂いに気づいて再び台所に駆け込む。

ヨイシネは息子を見つめる。きれいに髭を剃ったヨミチは日本軍の制服を着ている〈うちの息子がスパイ行為をするわけがない。息子は絶対にスパイじゃない〉

泣きそうな父親の表情に、ヨミチの顔に広がっていた笑みが消える。

「父さん……」

「ヨミチ、どうして米軍を連れてきたんだ？　お前は日本軍じゃないのか？」

ヨミチが米軍と共に戻ってきたのは、自分の家族と隣人たちが住む島で悲惨で恐ろしいことが起こるのを手をこまねいて見ているわけにはいかなかったからだ。捕虜となっていた本島の収容所で、彼は米軍が自分の故郷の島に大規模な爆撃を計画しているという噂を偶然聞いた。米軍は島に大規模な日本軍が駐留しており、大量の武器を保有しているという誤った情報を入手していた。彼は英語を少し話せる本島出身の日本軍捕虜と共に米軍の大佐を訪ね、島に駐屯している海軍通信隊の部隊員数が三〇人ほどであり、保有している武器が機関銃程度で、島民は決して島で戦争が起こることを望んでいないことを伝えた。

ヨミチは本島で見聞きしたことを父親に話さなかった。妻にも、弟と二人の妹にも話さなかった。

「父さん、日本軍は米軍に勝てないよ」

「米軍は敵だ」

「本島で日本軍が我々沖縄人をどう虐殺しているか、父さんは知らないからだよ」

「友軍は我々沖縄を守るために戦っているんだ」

「父さん、日本軍は沖縄の地を地獄にしたんだ」

「ヨミチ……」

「日本軍の制服を着て死んでいく沖縄出身の兵隊たちを見ると、兄さんたちを思い出す。兄さんたちも戦場であんな風に弾除けにされて捨てられたんだろう……。日本は沖縄の少年たちに日本軍の制服を着せ、手榴弾を持たせて米軍の戦車に突撃させている。戦争は何のためにするんだ？　誰のためにするんだ？　天皇陛下のためか？　家、畑、木、豚、山羊……、丸ごと炉の中に投げ込まれたかのように燃え尽きた村で、死んだ母親の足にすがりつく子どもたちを見て、ようやく疑問に思ったんだ」

「ヨミチ、兄さんたちの死を無駄にしてはいけない」

ヨイシネは首を振りながら続ける。

「いっそのこと、負傷して帰ってくれればよかったのに」

「お義父さん、何てことをおっしゃるんですか」

ケイコが台所から走り出てきて、恨めしそうな目で義父を見つめる。生死不明だった息子が生きて戻ってきたのを、義父が快く思っていないようで悲しい。

「ヨミチ、すぐに妻子を連れて遠くへ行け」

❖

「タマキ！　タマキ！」

タバコ畑から帰ってきて、ほとんど裸で部屋に大の字になって寝ていたタマキは驚いて目を覚ます。きょろきょろする彼の目に、庭に立っているサトが映る。

「タマキ、早く逃げろ！」

サトの肩にはいつものように長い竹の籠がぶら下がっている。籠からは、ぴよぴよという鳴き声ではなく、こっこっこっと音がする。彼の肩は竹の籠がぶら下がっている側に大きく傾いている。

タマキの目が大きく開き、血走る。

「人間狩りがお前の家に押し寄せてくるぞ！」

タマキは飛び起きる。日焼けした顔と髪から汗と埃がぽたぽたと落ちる。

「人間狩りがお前の家に押し寄せてくるんだ！　早く逃げろ！」

恐怖に震え、厚い唇を震わせて棒立ちしているタマキにサトが言う。

「豚小屋に隠れるのがいいぞ！　人間狩りが来たら、お前が北の海岸に逃げたと言っておくよ」

タマキは慌てて部屋を飛び出す。豚小屋から溢れ出た糞尿を裸足でバチャバチャと踏みながら豚小屋の中に入る。子豚を妊娠している雌豚が驚いて、ぶひぶひと騒がしく鳴く。

「タマキ、頭が見えるぞ。豚のように四つん這いになれ。そうすれば頭が見えないだろう」

タマキはサトの言うとおり四つん這いになる。彼の手と顔、股間、尻に豚の糞尿がべっとりと付く。

「ハハ、ハハ、タマキが豚になったぞ!」

サトの笑う声を聞いて、タマキは自分が騙されたことに気づき立ち上がる。体にべったりと付いた豚の糞尿を垂らしながら豚小屋を出る。彼は息を荒げながら鎌を見つけて手に取る。

「サト、そこにいろ!」

タマキはしかし、サトを追いかけることはできず、庭でぶるぶると震える。彼は怒りを抑えきれずに、庭の朝顔の蔓に向かって鎌を狂ったように振り回す。

サトはすでに遠くへ行っている。彼は水たまりでカエルを捕まえている少年たちに向かって叫ぶ。

「タマキが豚になったぞ!」

サトは豚の屠畜場の前を通り過ぎながらも叫ぶ。

「タマキが豚になったぞ!」

❖

村の家々を回って脅し、その威勢で意気揚々と家に戻ったサトは、自然と歌を口ずさむ。

「唐の船が入ってくる。金塊をいっぱい積んで入ってくる……」

中国が唐だった時代に島の北海岸の人々が歌っていた歌で、サトが子どもの頃に耳にした歌詞とメロディがでたらめだ。

「俺がどれだけすごい人間か、みんなはっきりとわかっただろう?」

畑から帰ってきたサトの妻が、独り笑っている夫を見て尋ねる。

「あなたはいつも一人で何がそんなに楽しいんですか?」

「みんな俺を見て、死神を見たかのように怯えて震えていたぞ」

サトは竹の籠から自分の闘鶏「タイフウ」を取り出して鶏小屋に入れる。タイフウはひよこの姿を完全に脱して鶏になっている。タイフウがばたばたと派手に羽ばたいて飛び上がり、止まり木に降り立つ。

止まり木を足でしっかりと掴み、剥製のように動かないタイフウをサトはじっと見つめる。

サトはタイフウがいまだに闘鶏に変貌するものと信じている。この島でトップの闘鶏になるには、今より体が倍も大きくならなければならない。羽毛が矢じりのように鋭くなるほど、もっとシャープでなければならないし、首と脚が長くなり、凶暴な印象を与えなければならない。タイフウは彼が描く闘鶏の姿にはまだ遠く及ばない。サトの頭の中には、彼が理想とする闘鶏の姿がはっきりと刻まれている。子どもの頃、タマキの父親が思い描いた闘鶏で、それは彼がハブと呼ぶ毒蛇よりも恐ろしかった。

❖

ケイコは赤ん坊を背負い、包みを手に持って小走りする。

井戸で水を汲んでいた女がケイコを見て声をかける。女の夫はその村の警防団員だ。

「日が暮れたのに、どこへそんなに慌てて行くの？」

「実家へ」

「そう？　その包みは何？」

「おむつと、実家に持っていくもの」

ケイコは適当にごまかす。手に持った包みの中には米とイモ、味噌が入っている。

「あなたの旦那はどこにいるの？」

「え？」

「何をそんなに驚いているの？」

ケイコが曖昧に答えると、女は目を細めて怪しげに言う。「米軍と一緒にいるんだろうね」

❖

銃撃戦があったバッタの丘。ヤシの葉の笠をかぶり、修繕だらけの芭蕉布をまとい、草鞋を履いた男が城跡を見ている。

「あなた、何をそんなに見ているんですか？」

「ケイコか」

ヨミチは妻の手に持たれた包みを受け取る。妻を安心させようと、歯を見せてにっこり笑い、島の南の村へと歩き出す。

夫を追って小走りしながら、ケイコは誰かがついてきていないかと後ろを振り返る。彼女は家を出てから誰かに尾行されているような気がしている。そのため、夫と会う約束をした丘まで来る間に二十回以上も後ろを振り返った。

「遠いんですか？」

「いや、そんなに遠くない」

「灯りをつけてきました」ケイコが言う。

「灯りを？」

「家に人がいるように見せかけるためです」

ケイコはすでに息が切れているが、自分たちが隠れて暮らす小屋が城跡から遠ければいいと思っている。

島のあちこちにある御嶽《ウタキ》の一つで、風葬地でもあった岩の峠を越えると村が見える。ケイコは島で生まれ育ったが、生まれて初めて見る村を通り過ぎる。オレンジ色のノウゼンカズラが咲き誇る村は平和そうに見える。人が見えない畑には、子豚ほどの大きさの白い大根が山積みになっている。ご飯を炊く匂いや、苦瓜を豚の脂で炒める匂いがする家の前を通り過ぎながら、ケイコは思わず涙をこぼす。〈ここは別の世界みたい〉しかし、彼女の目には見えないが、樹齢一〇〇年以上と思われるソテツのある家の裏庭には防空壕がある。ランタナが色とりどりの花を咲かせている家の廐は、米軍機の機関銃の銃撃で屋根が崩れ落ちている。

〈あの森かしら?〉

ヨミチはしかし、森を通り過ぎる。

〈その森かしら?〉

ヨミチはその森も通り過ぎる。

❖

「どうして今になって教えるの？」

ヤスコはさっき、自分の夫が牛牧場の人たちと一緒に殺されたという話を聞いたばかりだった。彼女は夫が城跡で労役に従事していると思っていた。

ヤスコは友人であり隣人の女を恨めしそうな目で見つめる。唇を震わせ、怒りに満ちた声で尋ねる。

「どうして今になって教えるの？　ねえ？」

「兵隊たちが怖くて」

道に立って城跡をじっと見上げていたヤスコを見るたびに、その女はひどく苦しくて申し訳なく感じていた。

「ヤスコ、兵隊たちが怖くてみんな言えなかったのよ」

ヤスコが泣かないので、その女は不安だ。

「ヤスコ、大丈夫？」

「夫を探しに行かないと！」

「ヤスコ、行かないで！　兵隊たちはスパイの遺体を持ち帰る者も殺すと言ったらしいわ」

「スパイ？」

「うん」

「私の夫はスパイではありません」

「そうだ。そうだ、スパイではないよ。でも、ヤスコ、スパイじゃなくても木村総隊長がスパイと言えば、スパイになるんだって」

「殺せと言って。怖くないわ。私は夫を探しに行かなきゃ」


　牛牧場は濃い緑色に揺れている。何も知らない牛たちは散らばって草を食んでいる。二人の女、ヤスコと姑が、燃えて灰になった小屋の前に立っている。女たちは裸足で半分魂が抜けた顔をしている。ヤスコの背には末っ子がぶら下がって眠っている。風が吹くと灰が舞い上がり、二人の女を包み込む。牛たちのように何も知らずに眠っている末っ子の顔に灰が虫のように付着する。

「地面まで焼けてしまったね」姑が拳で痩せた胸を叩きながら泣き声で言う。彼女は畑で種芋を植えていたが、牛牧場に向かう嫁の姿を見て追いかけてきたのだ。ヤスコは血が出るほど唇を噛んで、こみ上げる泣き声を必死に抑えて立っている。焼け残った足を見て、腹からこみ上げる呻き声を続けざまに発しながらどさっと座り込む。

「私の夫の足じゃないわ。見て、これは女の足よ。男の足じゃない」

　彼女は焼け残った足をわざとじっと見つめながら、低いが叫ぶような声でつぶやく。

姑の目が嫁に向かう。彼女は嫁が狂ってしまうのではないかと心配する。自分が狂ってしまったら、嫁も狂ってしまうだろう。

〈しっかりして、ヤスコ！　夫を探さなきゃ！〉ヤスコは厳しく自分を叱咤する。黒く焼けたような地面を手で撫でるように擦る。

「お母さん、地面がまだ熱いですよ」

しかし熱いのはヤスコの手だ。

「地面がまだ燃えています」

しかし燃えているのはヤスコの足だ。

散らばって転がる頭蓋骨や骨、手足を縛っていた針金をぼんやりと見つめていた姑が言う。

「全部焼けて骨だけになっているから、見つけられるかわからないね」

「一昨年の春に金歯を入れたから、金歯のある頭蓋骨を見つければいいんです」

ヤスコは頭蓋骨を一つずつ手に取り調べ始める。目覚めた末っ子がぐずるが、彼女の耳には入らない。末っ子の両足が地面に引きずられて灰が付くのにも気づかない。焼け焦げた針金が彼女の手に刺さる。それを遠くへ投げ捨てる。

姑は肉が全部焼け、骨になって地面に付着している手を見つめている。それが雑草ではなく手だと気づくまで見つめている。

「お母さん、見つけました！」

ヤスコは金歯がきらりと光る頭蓋骨を両手で持ち上げる。激しく震える両手で頭蓋骨を抱きしめ、胸に引き寄せる。肋骨が押しつぶされて息がうまくできないほど頭蓋骨をしっかりと抱きしめる。ますます激しく震えながら、牛舎で眠る牛たちを起こすほど大きな声で嗚咽し始める。

「あなた、あなた……」

牛牧場から帰ったその夜、ヤスコは頭蓋骨を抱きしめて横になっている。彼女は自分の体が薪のように燃えているように感じる。喉、舌、眼球、腕、指、心臓、脚……、熱くて気が狂いそうだ。髪の毛はすでに燃え尽きてないように感じる。

〈熱い、熱い〉

彼女は体を起こす。頭蓋骨が彼女の胸から転がり、寝ている末っ子の足元に転がる。ヤシの葉の扇を手に取り、狂ったように扇いでから庭に駆け出す。庭にある井戸から水を汲み、体にかける。村で甘いと評判のこの家の井戸水は、頭がキーンとするほど冷たい。顔が青ざめ、体が震えるほど井戸水をかけるが、見えない火は消えない。彼女は自分の体が永遠に消えない炎に包まれ、永遠に燃え続けるように感じる。燃える罰から抜け出せないように感じる。井戸に飛び込んでも火は消えないように感じる。

夫は体が大きかった。小屋と一緒に焼かれた九人の中で一番体が大きかっただろう。だから一番長く燃えたのだろうとヤスコは考える。

❖

田んぼから戻り、ぐっすりと昼寝に入ったキンジョはウチマの夢を見る。ウチマはぼろ布をまとい、折れた杖をついて彼の家を訪れる。草が茂った庭で鎌を振り回して草を刈っていたキンジョはウチマに尋ねる。

「ウチマさん、私の家にはなんの用で来たんですか?」

ウチマは何も言わず、骸骨のように痩せた顔でキンジョを見つめるだけだ。

キンジョは死んだウチマが、乞食のような姿で自分の家の庭に立っているのが気味悪い。だからウチマを追い出そうとして彼に向かって鎌を振りかざす。

「裂かないで! 裂かないで!」

ウチマが泣き叫んで懇願するが、キンジョは鎌を振り下ろすのを止められない。

「裂かないで! 裂かないで!」

その夜、小畑村のキンジョの家の北の部屋。

屠畜業者とキンジョ、小畑村の警防団長が酒卓を囲んで泡盛を飲んでいる。子どもの頃、川で裸で遊んでいた仲間である三人は、しばしばその部屋で泡盛を飲みながら、この島と世の中の話をするのが常だ。田んぼをかなり広く耕作しているキンジョの家には、泡盛が切れることがない。

酒卓の上のつまみを不満そうに見回していた屠畜業者は心の中でつぶやく。「ひどいもんだ！」父親なしで育ち、国民学校をやっと出た屠畜業者は、島を離れて大阪で十五年近く暮らしていた。故郷の島に戻り、豚の農場と屠畜場を経営し、兵隊たちと親しく付き合いながら、有力者のような顔をしている。

キンジョの妻がやってきて、豚の内臓スープが入った器を部屋の中に置いて行く。彼女は屠畜業者が持ってきた豚の腸と血、肝臓を一緒に鍋に入れて急いで煮た。味噌を溶かし入れて煮た黄色い脂が浮かぶ豚の内臓スープの独特な匂いが部屋にすぐに広がる。

〈死んだウチマさんがなぜ私を訪ねてきたんだろう？〉昼に見た夢のせいか気分がすっきりしないキンジョは、普段より早いペースで泡盛を飲む。

警防団長は朝にヨミチと会ったせいでいまだに不快で面白くない。

キンジョは茶碗を酒卓に音を立てて置き、独り言のように呟く。

「ウチマさんは本当に米軍のスパイだったのか？」

「ウチマさんはシンガポールで暮らしていたから英語が話せる。米軍がウチマさんを拉致して一日で解放したのは疑わしい」

警防団長が言う。

「義弟と働き手の少年も一緒に拉致されたじゃないか」

キンジョが擁護すると、屠畜業者が姿勢を正し、本土の人のように正確な標準語で言う。

「木村総隊長がスパイだと言ったらスパイだ」

「ウチマさんが本当に米軍のスパイだったら、米軍がウチマさんを守ってくれたのではないか？　あの夜、米軍は牛牧場で何が起こっているか知らなかったのか？」

キンジョは酒の勢いで心に抱いていた疑問をぶつける。

屠畜業者はモグモグと餅を噛むようなキンジョの話し方が気に入らない。標準語で話しているのに島の方言のように聞こえる。歪んだ目つきでキンジョを睨む屠畜業者を警防団長がちらっと見る。

キンジョは警防団長の茶碗に泡盛を注ぎながら尋ねる。「次はヨミチの番か？」

警防団長はぼんやりと空を見つめながら言葉を控える。

「どこまでが噂かわからないが、みんなそう言っている」屠畜業者が言う。

「米軍もその噂を誰かから聞いて知っているなら、彼らに協力的なヨミチを殺させるだろうか？」キンジョが尋ねる。

「ヨミチは日本軍の捕虜でもある。米軍のスパイであり、日本軍の捕虜だ。我々の屠畜場の労働者が米軍と一緒にいるヨミチを見たが、まだ日本軍の制服を着ていたそうだ。ヨミチが彼らに銃口を向けた日本軍だったことを米軍が忘れるだろうか？」

決して酔わない警防団長は、酔ったふりをしてわざとため息をつく。「米軍はこの島の住民の歓心を買おうと随分と頑張っているようだ」

「何を企んでいるんだろう？　米軍のことだけどさ。村々を回って豚小屋に消毒薬を撒いているって。木村隊が自ら降伏するのを待っているのだろうか？」キンジョが言う。

「ふん、木村隊を袋の中のネズミだと思っているんだろうな」屠畜業者が鼻で笑う。

「木村隊はせいぜい三〇人足らずだが、島に入っている米軍は千人を超えているから、そう思うのも無理はない」

キンジョの言葉に屠畜業者が持ち上げていた茶碗を再び置く。

「木村隊の背後に一万人いることを、愚かな米軍はまだ知らないからだ」

「一万人？」キンジョが尋ねる。

「我々の島の住民が一万人はいるだろう」屠畜業者が言う。

屠畜業者を見つめるキンジョの目は好意的ではない。彼は屠畜業者が自分を日本人だと勘違いしているように感じることがある。今もその感じを強く受けた。〈君が大阪で沖縄人であることを隠して暮らしていたことは知っている。沖縄人であることがばれて恥をかき、大阪を離れて沖縄に戻ってきたことも知っている。君は大阪でしていた日本人のふりを故郷の島でもしているんだな〉

キンジョが問い詰めるように尋ねる。

「君の考えでは、米軍が望んでいるのは何だと思う？」

「それは戦争の勝利だろう」

「勝利すれば米軍は何を得る？」

「勝利の喜びだろう。そしておまけにこの島も手に入れるだろう。米軍は今、住民の歓心を買おうと優しい笑顔を見せ、子どもたちを見ると米軍のお菓子をばらまいているが、いつその厳しい本性を現すか分からない」

屠畜業者の言葉に警防団長が頷く。

「この島はまだ木村総隊長の手の中にある。そしてそれは君たちや私だけでなく、この島の住民の運命がまだ木村総隊長の手中にあるということだ」

❖

ヤシの木とアダンの木、マングローブが茂る森の中、夫について隠れた小屋で、ケイコは眠れない。彼女は灯りをつけたままにしてきた自分の家が恋しい。灯りがまだ消えずに灯っており、自分を待っているような気がする。

彼女は眠っている夫の顔を見たいが、部屋の中の闇が濃すぎて見えない。

〈どうして何の音も聞こえないの?〉彼女は夫の息の音も、心臓の鼓動も聞こえない。

〈どうして何の匂いもしないの?〉髪の匂いも、肌の匂いも感じない。

〈どうして何も感じないの? どうしていないように感じるの?〉

ケイコは夫の胸に耳を当てて心臓の音を聞こうとする。夫の豊かな髪に顔を埋めて匂いを嗅ごうとする。

小屋を囲むように茂るアダンの木の長い葉が一斉に風に揺れる音が不気味で、彼女は眠れない。真夜中の森は嵐に巻き込まれた海のように騒がしい。食べられない果実が落ちる音、枯れたヤシの葉が折れて落ちる音、腐った木の枝が折れる音、野良猫の鳴き声、コウモリが飛び交う音、乾いた葉が転がる音……。

赤ちゃんの顔ほどの大きさのアダンの木の果実が地面にどすんと落ちる音にケイコはびっくりする。どすん、どすんという音に寝ていた赤ん坊が目を覚ます。彼女は急いで赤ん坊を抱き上げる。自分でも知らずに赤ん坊の口を手で覆う。

足音が聞こえる。

足音は一つではない。そして小屋に近づいている。赤ん坊の口を覆うケイコの手に力が入る。

〈誰だろう？〉

彼女は蛇が首に巻き付いてくるような恐怖を感じる。

〈彼らだろうか？　人間狩りの連中……、彼らが私たちを見つけたのだろうか？〉

彼女は牛牧場で人間狩りの連中が人々をどうやって殺したかを聞いた。

彼女は夫を揺り起こしたいが、金縛りにあったように指一本動かせない。

〈ああ、だめだ！　だめだ！〉

❖

「あなた、サネヨシさんの家にちょっと行ってきます」

擦り切れた畳を修理していた朝鮮人古物商が顔を上げて妻を見る。

「ミユが昨日サネヨシさんの子どもたちを見たら、クモの巣のような服を着ていたそうです。私が縫ってきてあげないと」

彼女にはまだ針と糸がある。

サネヨシは朝鮮人古物商が西の村に住んでいたときに親しくしていた隣人だ。彼は一人で四人の子どもを育てている。

フミは裁縫箱に米軍の菓子を詰める。夫が前日、海岸で拾ってきたものだ。彼女は自分の子どもたちも初めて味わった米軍の菓子をサネヨシの子どもたちにも味わわせてあげたいと思っている。

「あなた、私たちがこの島に住み始めた年に、サネヨシさんは私たちに畑の一畝を貸してくれましたね。私たちは落花生とサツマイモを植えました。土がどれだけ肥沃か、落花生がたくさん実って、母に送ってあげたじゃないですか」

「そうだね」

「畑を貸してくれるなんて誰にでもできることじゃないですよ。サネヨシさんは心《チム》が深いです」

フミはしばらく考え込んだ後、嘆息して話を続ける。

「母は船に乗せて送った落花生を受け取っても、私がこの島に住んでいることを知らないんです。母は長女の私がどこでどう暮らしているのか知りたがらないんです」

赤ん坊とキコを連れて家を出たフミは、西の村に向かおうとするが、途中で温泉街の方に方向を変える。

彼女は朝鮮人の布団売りがどうしているか急に気になったのだ。温泉を中心に店や食堂、居酒屋が集まって賑やかだった通りは、今では寂しいほど閑散としている。廃墟となった温泉場は爆撃を受けたまま放置されている。

通りの端に位置する布団屋の引き戸は内側から閉ざされている。布団や布地が並んでいた陳列棚は空っぽで、埃の塊が転がっている。陳列棚の隅々にはクモの巣が垂れ下がり、床にはネズミの糞が散らばっている。布団売りの姿は見えない。

引き戸のガラス越しに布団屋の中を覗き込んでいたフミは、念のために引き戸を揺らしてみる。

引き戸を離れたフミを見て、そば屋の女が言う。

「中にいるけど、いないふりをしているのよ」

て閉める。

——女はフミの夫も朝鮮人だと気づき、首を振ってそば屋の中に入っていく。引き戸を音を立て
「スパイだって、朝鮮人はみんなスパイだって」

「どんな噂ですか？」

「噂を聞いてないの？」

「どうしてですか？」


温泉場の前を通り過ぎるフミの目に、黒い芭蕉布をまとい、麦わら帽子をかぶり、腰に鎌を差した男が映る。間違いなく農夫の姿だが、漂う雰囲気が異様で、フミはその男を注意深く見つめる。男は通り過ぎる人々を観察しているため、フミが自分を見ていることに気づかない。〈軍人だ！〉昨年の春、防衛婦人会の女たちと豆腐を作り、黒砂糖を入れたムーチーを作って城跡に上がったとき、フミはその軍人を見た。男の顔がフミの方を向く。彼女は急いで顔を背け、キコの手を引っ張る。

フミが気づいたその軍人はイケダだ。彼は今朝、リョタとタヌキ、ゲンを連れて城跡から降りてきた。人間狩りの連中は、自分たちのように人間狩りをする少年たちを探している。

フミが去ってから一時間ほどして、子どもたちが布団屋に押し寄せる。

「スパイだ！　スパイだ！」

子どもたちは布団屋に土や石を投げつける。引き戸のガラスが割れ、看板が落ちる。

「スパイだ！　スパイだ！」

そば屋の女とその隣の雑貨店の女が出てきて、後ろ手を組んで見物している。

子どもたちが一騒ぎして去り、布団屋の前には土や石、割れたガラスの破片が散乱している。

布団売りは布団屋の中にいる。米櫃のように狭い物置に閉じこもり、この忌々しく恐ろしい戦争が終わるのを待っている。

「この島が嫌いだ、この島が本当に嫌いだ！」

布団売りは血縁のいないこの遠い島を早くに去らなかった自分の足を斧で叩きつけたい気持ちだ。

❖

　西の村とその前の海が一望できる丘から、フミは感嘆の声を上げる。彼女は故郷に帰ってきたような感情を抱く。喉が詰まり、胸がチクチクする。この島に移住して二年ほど住んでいた西の村は、彼女の故郷の村にとても似ている。海の色も故郷の村の海のように明るく透明な緑色だ。だから故郷の村とその海をそのままここに移したように感じる。彼女は本島の東、久志という漁村で生まれ育った。水が豊富で家々に井戸があり、豚を飼っており、庭に野菜を植えて食べた。村の人々の多くが漁業で生計を立てていた。村の裏には平坦で肥沃な土地が広がっていて、田んぼを併用している家も多かった。村から南に五キロほど離れたところには、日本本土と中国を往来する大きな船が出入りする港があった。だから本土の人や外国人が彼女の故郷の村までやってきて住みつくこともあった。

「キコ、おばあちゃんが私たちを待っているような気がするわ」

「おばあちゃん？」

「菜園でキュウリを採って、ニラを摘んで、私たちを待っているような気がするわ」

　フミはまるで母親が待っているかのように急いで丘の道を下りて行く。彼女の母親は孫がもう一人生まれたことを知らない。最後に聞いた話では、母親はサイパンに渡ってそこで暮らしている。父親はサイパンのサトウキビ農場で働いている。隣家が親戚のように親密で絆の深い故郷の村で、母親は恥ずかしくて顔を上げて歩くことができなかった。両親の反対を押し切って勉強を続けたいと家を出て那覇に住んでいた長女が、未婚のまま妊娠して子どもを産み、朝鮮人の男と一緒に暮らしているからだ。

西の村の入口にあるサネヨシの家の庭には、ヤシの木が二本、茅葺き屋根より高く伸びている。狼のような顔をした茶色の犬がヤシの木の陰にのんびりと座っている。

フミはサネヨシの家の縁側で、その家の子どもたちの服を縫っている。キコとサネヨシの娘たちが彼女を囲んで縫い物を見物している。

八歳のサネヨシの次女が尋ねる。

「おばさんは片手で縫い物をするんでしょ?」

「誰がそんなこと言ったの?」

「お姉ちゃんが」

フミは針が折れないように、針を持つ手を慎重に動かす。錆びて曲がっているが、針があるだけでもありがたい。

「穴が大きすぎるわ。布と糸があれば、あなたたちに新しい服を一着ずつ作ってあげられるのに」

フミは母親のいない子どもたちがかわいそうだ。彼女が見たことのない子どもたちの母親は肺炎で亡くなった。

「海水を汲んで布を織れたらいいのに。そうできたら、何日徹夜してでも、あなたたちに何着も服を作ってあげるのに」

サネヨシの娘が庭に入ってくる父親を見て言う。

「お父さん、おばさんが私たちの服を縫ってくれてるよ。穴を全部縫ってくれてるよ」

ぶっきらぼうな性格のサネヨシが漁師特有の荒々しい声を和らげてフミに言う。

「亡くなったお母さんが喜ぶよ」

「お父さん、おばさんが米軍のお菓子もくれたよ」

サネヨシの目元に浮かんでいた笑みが消える。

「旦那さんに浜辺に行かないように言ってくれ」

フミが尋ねるようにサネヨシを見る。

「良くない噂を聞いたんだ」

フミが手を動かしながら尋ねる。

「どんな噂ですか？」

「とにかく浜辺には行かないように言ってくれ」

フミが表情を整え、真剣な声で「サネヨシさん」と呼ぶ。

サネヨシがフミを見る。彼女が丁寧に膝をついて座り、深くお辞儀をする。

「ありがとうございます」

彼女は一度はサネヨシに礼儀正しく感謝の意を示したかった。

「何が？」

「サネヨシさんは私の夫を兄弟のように接してくれました」

サネヨシは、軽く目礼をして、照れくさそうに裏庭に行く。


サトウキビの束を背負ってサネヨシの家の前を通り過ぎる老人がフミを見て入ってくる。

「サネヨシがどこで奥さんを見つけたのかと思ったら、朝鮮人古物商の奥さんか」

「おじいさんはお元気ですね。百歳まで楽々生きられるでしょうね」フミは老人を見て笑う。

「毎日が生き地獄だよ！」

「生き地獄ですか？」

「ネズミみたいなスパイのせいで人心が荒んで、恐ろしい噂ばかり聞こえてくるから、生き地獄だよ！」

「そうですか？　じゃあ、今夜でも死神が訪ねてきたら、ついて行かれるんですね？」

「何だって？　私の両親は百歳まで生きたんだ！　今夜死神が訪ねてきたら、十年後にまた来るように言い聞かせて追い返して、私もその歳までは生きるよ」

老人がさっと去ると、十二歳のサネヨシの娘が言う。

「意地悪なおじいさんだよ」

少しして、顔がそばかすとシミで覆われ、痩せこけた女が笑いながらサネヨシの家の庭に駆け込んでくる。

「フミ、来てたのね！」

夫がその村の警防団員である女は、旅先から帰ってきた親戚に会ったように喜ぶ。フミは本当に故郷に帰ってきたような気がする。

❖

西の端の村の男たちが北へ向かって集まっている。みんな黒や灰色の芭蕉布をまとっているので、カラスの群れが移動しているように見える。

その中にはヤマザトもいる。日中戦争から生還したが、砲弾の破片で顔が潰れた缶のようにひどく歪み、左目の眼窩が陥没している彼は、自分のロバと一緒だ。

「ヤマザト！　お前のロバが痴呆になったんだって？」

ヤマザトは影のように付きまとう男を無視して黙々と歩を進める。彼は眼球と共に陥没した眼窩を釘で掘り返すような痛みに耐えている。

麦わら帽子をかぶった男は、かなりしつこくヤマザトに付きまとう。

「痴呆になった獣が家にいると良くない。食べてしまえばいいのに」

ヤマザトは聞こえないふりをする。歩を早めて男を振り払う。ヤマザトはその男が村人たちをスパイとして密告したことを知っている。つい最近まで木村隊の手先をしていた男が、米軍に取り入ろうとして行列に加わっているのだ。

「ふん、片目のくせに人の話を聞きもしないんだな」

男は干からびた地面に唾を吐き、大声で言う。

「ヤマザトのロバが痴呆になったってよ！」

米軍は島の北海岸に飛行機の滑走路を作っている。西の村の男たちは地ならしの労働をし、米軍から小麦粉や豚肉の缶詰、米をもらっている。サトウキビ農業で生計を立てていたその村の人々は、昨年サトウキビを収穫できなかった。米軍の度重なる爆撃と干ばつでサトウキビ農業が壊滅し、サトウキビ工場の機械が燃えてしまったからだ。飢えと不穏な時代を苦しんで過ごしていたところ、男たちは米軍が工事現場で労働者を募集しているという噂を聞いた。サツマイモでお粥を作って食べていた西の村の人々は、豚肉の缶詰でお粥を作って食べる。日本軍は何の対価もなく労働を強いたが、米軍は食料を与えて労働させるのだ。

❖

郵便局の前、格子模様のワンピースを着た女が娘の手を引いて立っている。九歳くらいに見える女の子もワンピースを着て布製の靴を履いている。

ゲンは女が自分の一年生の時の担任だと気づくと、彼女が自分の首に「方言札」を掛けて廊下に立たせたことを思い出す。国民学校に入学して最初の授業で、担任が自分の首に方言札を掛けるまでは、自分が方言を話していることを知らなかった。方言が何かも知らなかった。

担任はゲンの首に方言札を掛けるたびに、オウムのように同じことを言った。

「本当の日本人になるには、日本語を話さなければならないと言ったでしょ！　考え事も日本語でして、寝言も日本語で言わなければ日本人にはなれないんだよ！　君、日本人になりたくないの？　友達は日本人になって天皇陛下を喜ばせるのに、君だけ未開の沖縄人として生きていくつもり？」

本島出身の担任は、ゲンが家で本土の言葉である標準語を学べなかったため、方言を話しているのを理解しなかった。雨が降ると泥だらけになる道を四キロも裸足で歩かなければならないため、学校に行けないのを理解しなかった。サトウキビを収穫する日は、未亡人の母親がサトウキビを刈って運ぶのを手伝わなければならないため、学校に行けないのを理解しなかった。学校から帰ると鼻血を大量に出していたゲンの姉は、それで遅刻と欠席を繰り返し、四年生までやっと通った。

ゲンは担任が自分を見るのを待ちながら、彼女を睨みつける。

〈桜が四月に咲くと言い張った。桜は二月に咲くのに〉

女がついにゲンを見る。振り向きざまに偶然彼を見たのだが、彼女はゲンに気付かない。

〈どうしてぼくをに気付かないんだ?〉

ゲンは怒っている。彼は担任に自分が誰かをはっきりと知らせたくてたまらない。

〈ぼくが人間狩りになったことを知ったら、怖くて震えるだろうか?〉

ゲンは担任の怯えた姿を見たい。

女はゲンと目が合ったことに不快感を覚えたように、頭を一度激しく振って急いで通りを去る。

❖

土窟の中で銃剣を手入れしているリョタに、ゲンが尋ねる。

「リョタ兄さん、桜は二月に咲くの？　それとも四月に咲くの？」

「二月に咲くよ」

「違うよ。桜は四月に咲くんだ」

「何？　桜が四月に咲くって？」

リョタは驚く。島では桜は二月に咲き、三月の初めには散って葉だけが残る。

「国民学校一年生のとき、担任の先生が四月に咲くって言ってたんだ。先生が四月に桜が咲くと言ったら、四月に咲くんだと思わなきゃいけないんだよ」

教科書にも桜は四月に咲くと書いてある。日本本土ではその時期に桜が咲くからだ。

「面白い先生だな！」

「スパイみたいな先生だよ！」

「スパイ？　それなら処刑しなきゃな」

リョタの言葉にタヌキ、リス、イタチが笑う。兵士のようにクスクスと大げさに笑う彼らの目には殺気が漂う。

「リョタ兄さん、僕たちの島にはスパイが何人いるの？」

「うじゃうじゃいるって言っただろ!」

「スパイの名簿が本当にあるの?」

「おねしょ坊主、もうおしゃべりはやめて水を持ってこい」イタチがゲンの頭を手で叩く。

ゲンはイタチを睨む。

「おねしょ坊主って呼ばないでって言ったでしょ」

ゲンは文句を言いながらも素直に水を汲みに立ち上がる。銃剣を前に置いてぼんやりと空を見つめていたリスがミナトを見下ろす。

「ミナト、寝ているのか?」

ミナトは片腕で顔を覆い、死んだように横たわっている。黄色いムカデが首を這っているのに全く動かない。手はしっかりと握りしめられている。腕にも筋が浮き出るほど力が入っている。人間狩りをして牛牧場で九人を処刑し、城跡に戻ってきてから、彼はほとんど眠れていない。眠るのが怖いのだ。ようやく眠ると自分の名前を呼ぶ区長の声が必ず聞こえてくる。

〈ミナト! ミナト!〉

うたた寝していたミナトは区長の声に驚いて目を覚ます。汗まみれの体を起こす。ふらつきながら土窟を出ようとする彼にリスが心配そうに尋ねる。

「どこへ行くんだ?」

土窟の前でミナトはイケダと鉢合わせする。

イケダが冷たく睨みつけると、ミナトは犬が尾を垂れるように卑屈に目を伏せる。

ミナトは木村と密かに会って戻ってくる男たちを見つめる。警防団長たちだ。

ミナトは崩れた城壁に立ち、自分の家がある北の村を見下ろす。フクギの木が垣根のように囲んでいる家が彼の家だ。彼は自分が人間狩りをしていることを両親が知っているのかどうか気になる。米軍が上陸する三日前、彼は自分を訪ねてきたタヌキとリスに従い、城跡に登って人間狩りになった。

彼は今、牛牧場の小屋から逃げ出したいと思ったときよりも、もっと切実に逃げ出したいと思っている。

〈逃げたら許さないだろう。あいつらは俺をスパイと同じように残酷に殺すだろう。タヌキ、リス、イタチ、おねしょ坊主のゲン……〉

ミナトは友人である人間狩りたちが木村やイケダと同じくらい恐ろしくなっている。

❖

西の端の村では、未亡人のタミは自分の息子ゲンが人間狩りになったのを近所の人たちが知っているかどうかを心配している。彼女は近所の女たちと顔を合わせないように、まだ明け方前に井戸水を汲みに、家から一キロも離れた井戸まで出かける。

彼女は息子を娘に託して送り出さなかったことを後悔している。息子は大阪にいる姉のところに行き、工場に就職したいと言っていた。

タミは息子が人間狩りになったことを悲しみ心配しながらも、その事実が信じられずに首を振る。ゲンはタミにとって優しくて思いやりのある、父親なしで育った可哀想な息子だ。彼女は息子が家に立ち寄るかもしれないと思い、サトウキビ畑に出かけるときにはサツマイモを茹でて炉の上に置いておく。

サトウキビ畑から戻り、サトウキビで空腹を紛らわせていると、近所の女がタミの家の庭を覗き込む。彼女はタミの息子ゲンが人間狩りになったという噂を聞き、本当かどうか確かめに来たのだ。

「ゲンはどこに行ったの?」

「部屋にいるよ」

「暑くて死にそうなのに、部屋の扉まで閉めて何をしているの?」

近所の女はしっかり閉められた扉を疑わしげに見つめる。

「魂込《マブイ》めで眠っている鳥のようにぼんやりしているんだ」

「そうなの？　どうして？」

「わからない、サトウキビ畑から戻ったら、ゲンが魂を落として震えていたんだ」

「そうなの？　じゃあ、早く見つけて入れてあげなきゃね」

「そうだね」タミの声には元気がない。

「ゲンは小さい頃から魂を落としてあんたを困らせたね。六指婆さんがゲンの落とした魂を私たちの家の豚小屋で見つけて入れてくれたこともあったじゃない」

六指婆さんは西の端の村のユタ※だ。左手の指が六本あるため、村人たちは彼女を六指婆さんと呼んでいた。

「帰りに六指婆さんの家に寄って、ゲンがまた魂を落としたって伝えてあげようか？」

タミは首を振る。

「早く見つけて入れてあげなきゃ。そうしないと一生魂が抜けたまま生きることになるかもしれないよ。あたしの実家の島では、落とした魂を見つけられずに一生狂った乞食として生き、

※註　沖縄県と鹿児島県奄美群島の民間霊媒師（シャーマン）であり、霊的問題や生活の中の問題点のアドバイス、解決を生業とする。

雷雨の日に海に飛び込んで死んだ人がいたんだから」

　近所の女は他の島から嫁いできた。

「あたしが見つけて入れてあげるよ」

「あなたが？　あなたがユタにでもなったの？」近所の女は口元に嘲笑を浮かべる。

「うん、あたしが見つけて入れてあげるよ。必ず見つけて入れてあげるよ」

❖

砥石で鎌を研ぐ音がする家の庭から男の怒鳴り声が聞こえる。

「俺の家に何を探りに来たんだ?」

サトを睨みつけるタマキの手には鎌が握られている。鎌からは鉄の水がポタポタと落ちている。

「探りだと?」サトが怒る。

「お前がこの家やあの家を見回っているのを知らない人がいると思うのか?」

鎌を握るタマキの手に力が入る。彼はサトに騙されて豚小屋に入り、豚のように四つん這いになったことを思い出すと血が足元から逆流する。

「古い友を喜んで迎えもしないで、本当に薄情な奴だな」

「古い友だって?」

「タマキ、俺は今までお前を親友だと思っていたのに、お前は違ったのか?」

「俺はお前みたいに人を中傷し、害を与える奴を友達とは思わない」

「中傷?」

「お前が何をしているか俺が知らないとでも思っているのか? 米軍に一発も撃たずに隠れている兵隊たちも情けないが、兵隊の犬になっているお前はもっと情けない」

去年の秋、次女が兵隊に殴られて口を裂かれて泣きながら帰ってきて以来、タマキは兵隊たちに反発心を抱いている。

「タマキ、お前もその間に米軍のスパイになったのか？」

「何だと？」

タマキの固い顔の筋肉がピクピクと動く。

「木村総隊長が言っていた。俺たちの島には米軍のスパイがうじゃうじゃいるってな」

「玉砕しなければならない、玉砕しなければならない」

独り言を言いながら屠畜場の方へ歩いていったサトは、朝鮮人古物商を見ると相撲取りのように足を広げて前を遮る。

「サトさん、こんにちは」

腰をかがめて挨拶してくる朝鮮人古物商に、サトがいきなり唾を飛ばしながら言う。

「お前たち朝鮮人は牛を殺した途端に生レバーを取り出して血を顔に塗りたくりながら食うんだろ？」

「サトさん……」

サトの目が朝鮮人古物商の肩に掛けられた袋をなめるように見つめる。

「その汚い袋に何が入っているんだ？　どうせ米軍の食糧が入っているんだろ？」

「サトさん……」

「俺の名前を呼ぶな。日本軍の奴隷のくせに俺の名前を勝手に呼ぶんじゃない」

朝鮮人古物商が深く頭を下げる。

「サトさん、どうか私をお許しください」

「米軍が日本軍の奴隷に食糧をただでくれるわけがないだろう？」

「サトさん、私は米軍には会っていません」

「お前が米軍にこっそり会っているのを知らないとでも思っているのか？」

「本当です。私は米軍には会っていません。私は英語も話せませんから」

サトが手を伸ばして袋を掴む。

「サトさん、どうか私をお許しください。家にイモ一つもなくて、子どもたちが飢えています」

サトが袋を掴む手に力が入り、中の缶詰と海藻がこぼれ落ちる。

「米軍の食糧だな！」

サトは興奮して缶詰と海藻を足で踏みつけ始める。缶詰が潰れ、中の肉片が膿のように流れ出る。屠畜場で豚を殺すのを見物していた少年たちがその光景を偶然目にする。

朝鮮人古物商はサトを止めることができず、ただ見つめるだけだ。

「お前が米軍のスパイをしているのを知らない奴がいると思うのか？」

「軍人や人間狩りたちが、朝鮮人のお前を最初に殺すべきだったんだ。牛牧場で九名を殺す前にな。朝鮮人のお前を真っ先に、な？」

「サトさん、どうか……」

「牛牧場で九名を殺したことについて、あれこれ言うやつが多いんだ。スパイじゃないとか、気の毒だったとか、この島が悪霊に取り憑かれたとか……。お前だったら余計な噂は立たなかっただろう。この島で朝鮮人が一人死んだって、誰が気の毒に思うだろうか?」

「サトさん……」

「妻子は悲しむだろうな」

「サトさん、どうか私を……」

「そうだ、お前の妻もスパイだという噂があるぞ!」

「サトさん……」

「俺が城跡に用があって登ったとき、兵隊に聞いたんだ。本島では朝鮮人をたくさん殺したってな」

朝鮮人古物商は何も言えず、ただ首を振るだけだ。

「俺の言うことをよく聞け。日本が戦争に負けるのはスパイをしたお前のせいだ」

第七章

❖

夜通し降り続いた雨が止み、マサルはバナナの葉で包んだ握り飯六つ、イモ十個、黒糖一塊、マッチ一箱、ろうそく三本、ナイフ一つ、小さな手斧一つ、シャベルを麻袋に詰めて肩にかけ、カラス山に向かう。カラス山はそれほど高くないが、奥が深い。

前日、マサルの家にリョタがやってきた。夕方に訪れたリョタは、山羊の囲いを掃除していたマサルを呼び出し、引っ張るように連れて行った。遠く離れて立ちながら、興奮した声で言葉を交わしていた少年たちは、殴り合いになりそうな勢いで睨み合い、やがてどちらともなくお互いに背を向けて離れていった。

マサルの母親は山羊の足でも袋に入れて持たせられなかったことを悔やんでいる。

息子をカラス山に送り出し、泣き続ける彼女に夫が言う。

「戦場に送るわけじゃないだろ」

❖

マサルはカラス山に慣れていない。木々も、岩も、谷も、木の葉の間から差し込む光の輝きも慣れていない。北がどちらで南がどちらかも見当がつかない。カッコウ、山鳩、ツグミ、ヒバリ、スズメ……、耳慣れた鳥の声が不気味に響く。

苔むした岩に腰掛けて握り飯を食べていたマサルは、足音に驚いておにぎりを落とす。亀だ。マサルと同じくらい驚いた亀は方向を変え、急いで逃げていく。

マサルは落とした握り飯を拾う。既に蟻が群がっている。彼は蟻を払い落とし、握り飯を食べ続け、立ち上がる。誰かがいるかもしれないと周囲を見回し、村が見えないほど深い場所まで進む。山鳩の鳴き声を聞きながら、高さ二〇メートルほどのクヌギの根元をシャベルで掘り始める。米袋ほどの穴が掘れるまでシャベルを止めない。

薄暗くなった山に漂う音が一層鮮明に聞こえる。野ネズミやリスのような小動物が素早く動き回る音が、彼には足音に聞こえる。彼は体を丸め、穴の中に入り込む。根のうねりと湿った粗い石がマサルの顔と体を刺す。土が崩れ落ち、彼の顔にかかる。

胎児のように体を丸めて穴の中にうずくまる彼のへそを、強い根が刺してくる。糸ミミズが顔を這っていく。手で糸ミミズを払いのけていると、ムカデが彼の足首を噛む。

「スパイ野郎！」野原でリョタが背を向ける直前に言った言葉が彼の耳に響く。一緒に城跡へ行こうと要求を拒否すると、リョタは彼をスパイ扱いした。電信局の整備員のイトがスパイとして銃殺される時、彼は城跡にいた。木村は、自分が撃った一発の弾丸でイトが即死しなかったため、兵士たちに命じて彼の脇腹を銃剣で刺し殺させた。その夜、マサルは友人たちに一言も告げず、一人で城跡から逃げ帰った。

彼はミナトが人間狩りであることが信じられない。リョタはミナトの友人だ。ミナトがいなければ、彼はリョタと友人にはなっていなかっただろう。

足音が聞こえる。

足音は近くで聞こえる。

亀だろうか？　蛇だろうか？　キジだろうか？　人間狩りだろうか？

❖

畑からの帰り道、タマキはサトの中傷で自分の名前が木村のスパイ名簿に載っているという噂を耳にする。

タマキはサトの家に急いで向かう。

サトは家にいない。「サト！　サト！」サトを探して村を歩き回るタマキは、屠畜場の軒下に集まっている働き手たちに尋ねる。

「サトを見なかったか？」

「サトを探してどうするんだ？　お前たち、仇同士じゃなかったか？」意地悪そうな顔の男がからかうように尋ねる。

「仇同士だなんて誰が言ったんだ？」タマキが怒る。

「お前が鎌でサトの首を切ろうとしたって聞いたぞ？」

「ふん、全く馬鹿げた噂が流れているな。俺が人間狩りでもあるっていうのか？」

「妻と一緒にタバコ畑に行ったようだな」他の男が言う。

タマキがサトのタバコ畑へと急いで歩いていくのを見ながら、男たちが一言ずつ言う。

「人殺しでも起きるんじゃないか？」

「妻に尻に敷かれているあの男が人を殺せるか？　見かけは強そうでも中身はウサギのように

おとなしいさ」

サトはタマキを見ても無視する。タバコの葉を摘んでいた彼の妻が無愛想にタマキを一瞥する。

「サト、俺の名前がスパイ名簿に載っているという噂は本当か？」

「何？」

「俺の名前がスパイ名簿に載っているって言ってたんだが」

「そうか？」

「サト、お前が……」タマキは言いたいことを辛うじて飲み込み、怒りを抑えた声でサトに尋ねる。「噂は本当か？」

「俺がどうして知るんだ？」

「お前がスパイ名簿にある名前をすらすら覚えているって聞いたんだが」

「誰がそんなことを言ったんだ？　俺か、木村総隊長か？　スパイ名簿なんて見たこともないぞ」

「サト、内緒にしとくから」

「内緒？　俺の妻が聞いてるぞ。俺の妻の耳がどれだけ良いか知ってるか？　鬼の耳のように良いんだ、鬼の耳だ！」

サトはわざと声を大きくして言う。

サトの妻が「ふん！」と鼻を鳴らす。

タマキは握った拳を震わせる。

「タマキ、ちょうど聞きたいことがあったんだ……」

サトが話を途中で止めて、タバコ畑の上の道を顎で示す。

「タマキ、あれは誰だ？」

タマキはサトが指し示す方向を見る。

「あれは誰だ？」サトが再び尋ねる。

「朝鮮人古物商だな」タマキがつぶやく。

サトの目に邪悪な光が浮かぶ。

「タマキ、お前はどう思う？」

「何が？」

「俺はずっと見てたんだが、朝鮮人古物商が米軍のスパイをしているように見えるんだが？」

「……」

「お前もそう思うだろ？」

「さあ……」

「タマキ、じゃあな、お前と朝鮮人古物商のどちらかが米軍のスパイだとしよう。どちらがスパイだと思う？　どちらが米軍のスパイをしていたと思う？」

タマキは答えられずに困乱する。

「沖縄人のお前がスパイをしたのか？　朝鮮人古物商がスパイをしたのか？」

「……」

「タマキ、答えてみろ」

タマキは口を閉ざし、苦しそうにする。

「俺はお前の答えを聞かないといけないんだ」

「それは……」

翌日、タマキは井戸で水を汲んでいる朝鮮人古物商を見る。タマキは自分の妻が羨望の声で言った言葉を思い出す。「朝鮮人古物商が奥さんをどれだけ大事にしているか、奥さんが辛い思いをしないように朝晩井戸水を汲んでいるんだって」

タマキは朝鮮人古物商を見つめる心情が以前よりも複雑で痛ましい。彼は自分が泥棒にされないために無実の人に泥棒の疑いをかけたような罪悪感さえ感じる。

前日、サトのタバコ畑から戻ってきたタマキは、朝鮮人古物商という人間について初めてじっくりと考えてみた。彼は朝鮮人古物商が妻や子どもたちに怒ったり、彼らを殴ったりする姿を見たことがなかった。泡盛に酔っている姿も、上半身裸で歩き回る姿も見たことがなかった。実の子どもではない長男をいじめる姿も見たことがなかった。朝鮮人古物商とその家族に対する村人たちの評判は一様に好意的だった。子どもたちは礼儀正しく、自分の父親を無視しているタマキにもきちんと挨拶をした。朝鮮人でなければ、彼は古物商に畑を貸していただろう。春に朝鮮人古物商の妻は、サツマイモを植えて食べるための畑を一畝貸して欲しいと物乞いするように家々を回った。元気な彼女は赤ん坊を背負い、タマキの家にも訪れた。タマキはその家の状況がかなり大変だと知っていたが、即座に断った。

朝鮮人古物商はタマキを見て深く腰をかがめて挨拶をする。

「タマキさん、こんにちは」

タマキは普段のように無視して行こうとしたが、ぶっきらぼうに言う。

「朝鮮人、気をつけろよ」

朝鮮人古物商はタマキを疑問の目でじっと見つめる。

「とにかく気をつけろ」

❖

温泉場の建物が崩れ、焼け落ちたまま放置されているのを見つめ立っている朝鮮人古物商に、ある男が素早く近づいてくる。

「やはり俺が米軍のスパイとして疑われているようだ」

後頭部に向かって密かにささやかれる声に、朝鮮人古物商は髪の毛が逆立つのを感じる。

「俺だ、俺！」

朝鮮人古物商はしかし、舌まで凍りついて言葉が出てこない。

「俺だ、布団売りだ！」

布団売りが朝鮮人古物商の手首を掴み、自分より頭一つ分も背が高い彼を温泉場の建物の中に拉致するように連れて行く。

朝鮮人古物商と布団売りは、割れて煤けた鏡の前に立っている。建物のどこかで爆撃を生き延びた掛け時計の秒針がカチカチと音を立てて回っている。

布団売りが取調べるように尋ねる。

「そっちはどうだ？」

日本人のように燕の尾のような口ひげを生やし、油を塗って髪をフクロウのようにしていた布団売りだった。別人のように髭をぼうぼうに伸ばし、髪はカラスの巣のようにぼさぼさだ。

「そっちも当然米軍のスパイとして疑われているだろう」

朝鮮人古物商を睨みつける布団売りの目が、ウサギの目のように赤い。彼は朝鮮人古物商に返答する暇も与えず、言葉を速射砲のようにまくし立てる。

「米軍のスパイとして疑われるのは、俺が朝鮮人だからだ。百回考えても他に理由はない。スパイにする生け贄が必要なんだ。この島は沖縄人だらけで、朝鮮人ほどの生け贄はいない。そうだろ？　英語も話せない俺がどうやって米軍のスパイをするっていうんだ？」

布団売りは突然恐ろしい何かを見たかのように目を見開き、古物商の顔の前に自分の指を広げて見せる。

「俺が米軍のスパイなら、この十本の指に火をつけてやる！」

外から人々の声が聞こえてくると、布団売りは口を閉ざす。

息をひそめている彼のこめかみの血管が膨らんでいる。人々の声が遠ざかると、彼は息を吐き出し、言う。

「俺はこの島が怖い！　この島の人々も子どもも大人もみんな怖い。みんな温かく迎えてくれる優しい人々だと思っていたのに、何もかも台無しだ！」

布団売りは「カッ」と痰を吐き出した。

「俺がずっと店に閉じこもって、死んだように布団屋の中に座り込み、じっくりと考えてみたら、この島の人々が俺をひどく蔑ろにしていたことがわかったよ。本土の人々が自分たちを見下して差別すると言って、口に泡を吹きながら怒っていたのに、それ以上だよ。本土の人々から密かに学んだのか、それとも『江戸の敵を長崎で討つ』ということわざが正しいのか、とにかくそれ以上であって、それ以下ってことはないよ」

その時まで日本語で話していた布団売りが、突然朝鮮語で話し始める。

「何だかんだ言っても、自分の家が一番いいよ。俺は船が再び出港しさえすれば、振り返ることなく故郷に帰るつもりだ。朝鮮の故郷にだよ。飢えただけの記憶しかない故郷が、最近は胸に染みるほど恋しくてたまらないんだ。目を閉じると故郷の山や川が屏風のように広がって……ううう……、『お父さん、お母さん』という言葉が自然と口からこぼれ出るよ。どうせ俺には妻子もいないから、一人でさっと飛んでいけばいいんだ」

❖

ミユとキコは紙を切って作った人形で遊んでおり、フミオは畳の上を這う小さなムカデを追いかけている。糸のようなムカデは浮き上がった畳の隙間に素早く隠れる。

フミは淡い緑色の着物を広げて、針目をほどいている。彼女はお気に入りの着物を布にして子どもたちに服を一着ずつ作ってあげようとしている。

「あなた、私たちだけが知らないことがあるんでしょうか？」

庭から聞こえてくるヒデオの歌声に耳を傾けていた朝鮮人古物商が妻をじっと見つめる。

「みんな知っているのに私たちだけが知らないことがあるのよ」

「え？」

「実は温泉街で国防婦人会の人たちに会ったの。耳打ちを交わすように話していた女たちが、私を見ると急に口を閉じたのよ。約束でもしてたかのように口をぴったり閉じて私に微笑んで見せるのが、怖かったわ。自分たちだけが知っている何かの秘密を私に知られないように、偽りの微笑みで隠しているみたいで、とても不愉快だったのよ」

フミは首を振って、ハサミで袖を切り始める。彼女は鉄のハサミの刃で袖がスッスッと切れる音が不気味な音に感じられる。

フミは切った袖を赤ちゃんの体に当ててみる。彼女はそれで赤ちゃんに着せる服を一着作ろうとしている。赤ちゃんはキコが赤ちゃんだった時に着ていた服を着ている。

夫には言わなかったが、あの女たちは前にもそんな振る舞いをしていた。フミはあの女たちが針と糸がある自分を嫉妬しているのだと思った。国防婦人会の一人が彼女にそう耳打ちしたこともあった。夫が古物商をしているおかげで、フミは国策品の針と糸が不足することがなかった。でも、那覇空襲があってから、針と糸はフミにとっても貴重なものになった。

フミは残りの袖も切りながら、しょんぼりした声で話を続ける。

「誰も教えてくれなければ分からないわ……。誰も教えてくれなかったから、私も全然分からないままだったわ。あなたがアメリカ軍のスパイとして疑われていることも知らなくて、あなたが海辺で拾ったアメリカ軍のお菓子を家主にも分けてあげたのよ。あなたがスパイと誤解されるのは、あなたが朝鮮人だからよ。本当に、最近は誰も信じられないわ。ミヨさんも信じられないのよ」

「フミ、ミヨさんは私たちにお米をくれたよ」

「ええ……。彼女は私たちにお米をくれたわ。あなたがあの家の田んぼで牛のように一生懸命働いてあげたからね。彼女はその手間賃で米をくれたのよ。あの家はお米がなくなることがないんですって」

「彼女は米袋があふれるほどに米を入れてくれたんだ」

朝鮮人古物商はミヨさんが米びつから米をすくって袋に入れていた音が忘れられない。

「ええ、彼女は米袋が、太ったウサギのように見えるくらい米をたっぷり入れてくれたわ。米袋を抱えて笑いながら庭に入ってくるあなたを見て、私はウサギを狩ってきたのかと思ったわ。ミヨさんは心が広いのよ。ミヨさんのおかげで、その日うちでもご飯を炊く香りがしたでしょう。私がお米を洗って火を焚いて釜でご飯を炊いている間、ミユは私のそばを離れなかった。私はミユに米の洗い方や石の取り方を教えたわ。水加減をどれくらいにすればご飯がふっくらと炊けるかも教えたのよ。そうだよね、ミユ?」

「うん」ミユが笑顔で答える。

ミユは母親に似てよく笑う。叱られている時も半月形の目は笑っている。その子が母親にそっくりなのに、朝鮮人古物商はその子の顔を見て母の顔を思い出すことがある。沖縄人の母親に似たその子は、朝鮮人の祖母にも似ているのだ。

「ミユ、母さんが水をどれくらい入れろって言ったっけ?」

「水がチャプチャプと手の甲を覆って手首まで上がるくらいだよ。母さんは手の甲を覆うくらいでいいけど、私は子どもだから手が小さくて手首まで水が上がるくらい入れなきゃいけないんだ」

ミユの答えにフミが満足げに再び尋ねる。

「ミユ、ご飯の水が沸騰しそうになったらどうすればいいって言った?」

「釜の蓋がカタカタしてご飯の水が沸騰しそうになったら、蓋を開けて泡が沈むまで見守ってから蓋を半分だけ閉めなきゃいけないんだ」

「ミユ、母さんがいなければ、あなたがご飯を炊いてお兄ちゃんや弟たちに食べさせなきゃいけないのよ」

「母さんがいなければ？　母さん、どこに行くの？」ミユが尋ねる。

「母さん、どこに行くの？」フミオが尋ねる。

「母さん、どこ行くの？」キコが尋ねる。

「母さんがすぐにどこかに行くわけじゃないけど、いつも家にいるわけじゃないのよ。本島に行くこともあるかもしれないしね」

「じゃあ赤ちゃんは？」フミオが尋ねる。

「赤ちゃんはまだ母さんのお乳を飲まなきゃいけないから、母さんが連れて行くしかないわね」

「僕もついていく！」フミオが叫ぶ。

「フミオ、母さんはすぐにどこかに行くわけじゃないって言ったでしょ？」

「母さん、どこに行くの？　わたしもついて行く。わたしも連れてって」キコが泣きそうになりながら言う。

「キコ、母さんがすぐにどこかに行くわけじゃないって言ったでしょ？　船が来ないのに母さんがどこに行くのよ？　戦争が終わって船がまた来るようになって母さんが本島に行く用事があればその時に……。本島にはおばあちゃんやおじさん、おばさんたちが住んでいるからね」

　フミは袖を切り終える。

朝鮮人古物商の目が鉄のハサミに向かう。彼は鉄のハサミの刃で袖が切れるのをじっと見つめる。

❖

赤い川の下流に翼のように付いている砂浜。

ある青年が黒い子豚を抱きかかえている。もう一人の青年は長さが五センチほどのポケットナイフを手に持ち、子豚を睨んで立っている。濃い豆乳のような色の川の水は太陽の光を受けてキラキラと輝いている。満潮時には押し寄せる海水に浸かることもある砂浜にはススキやノコンギク、アレチウリのような草が茂みを作っている。そこから百メートルほど下ると埠頭がある。

子豚がブヒャーブヒャーと鳴きながら暴れる。子豚を抱きかかえている青年がナイフを持った青年に叫ぶ。

「早く豚を裂け!」

ナイフを持った青年が子豚に近づく。

「豚がまだ幼すぎるんじゃないか?」

「俺たち二人で十分に腹いっぱい食べられるよ」

「まだ乳離れもしてないみたいだ」

「どうせ人間に食われる運命なんだ。豚の立場からすれば、むしろ体が小さいうちに食われる方がいいかもしれない」

「何が？　何がいいかもしれないんだ？」

「体が小さければそれだけ痛みも少ないだろう？」

「本当にそうかな」

「だから早く子豚を裂け！」

「生まれてどれくらい経ったんだろう？」

「そんなこと気にするなよ。ほら、よく見ろ。赤ん坊じゃなくて豚の子どもだぞ！」

「赤ん坊みたいだ」

「赤ん坊？」子豚を抱きかかえている青年が呆れたように言う。

「一歳になったばかりの俺の甥っ子が見せる表情を子豚がしてるんだ」

「早く裂けよ！」

　ナイフを持った青年は躊躇しながら目をぎゅっと閉じ、子豚に向かってナイフをひゅうっと振り下ろす。子豚の耳下の肉が袋のように裂け、血がドクドクと流れる。

❖

砂浜から西へ一〇〇メートルほど離れた森。男の子と女の子が松の木にぶら下がって松葉を食べている。朝鮮人古物商の子どもたちだ。

「お兄ちゃん、子豚が泣いているよ」

フミオは口に入れていた松葉をぺっと吐き出す。口に入れた瞬間、松葉に蟻が一匹ついているのを見たのだ。

「子豚もお腹が空いて泣いているのかな」

キコはつま先立ちして手を伸ばす。手が届く松葉は全部食べてしまったからだ。

その下の小川では、裸同然の男の子三人がカエルを探している。男の子たちは春の間ずっと、焼いたカエルの足を口にくわえていた。小川ごとに、池ごとに、田んぼごとにカエルが騒がしく鳴いているはずだが、すっかり姿を消してしまった。みんなで力を合わせて持ち上げた石の下にもカエルがいないとわかると、ぽっちゃりした男の子ががっかりして他の男の子たちに言う。

「スパイを捕まえに行こう！」

❖

「子豚を返せ！」

サンガキの声が砂浜に響き渡る。

子豚はすでにナイフで五、六か所も裂かれて血まみれだ。

サンガキは豚小屋にイモを入れていた時、子豚が一匹いないことに気づいた。四匹いるはずが三匹しかいなかったのだ。おかしなことだと子豚を探していた彼は、隣の女から見知らぬ青年たちが子豚を抱えて川の方へ行くのを見たという話を聞いた。

「じいさん、俺たちは子豚を食べなければならないんだ」

「お前たちは軍人だな」

青年たちは農夫のような格好をしているが、見た目も話し方も本土の人間そのものだ。

兵隊たちは米軍の動向を探るよう木村の命令を受けて島に下りてきて子豚を盗んだ。

「くそ、俺が何て言った？　子豚を盗むのはやめようって言っただろ」

子豚を抱えている兵士がナイフを持った兵士にぼやく。

ナイフを握りしめている兵士の手は震えている。大学に通っていたところ徴集され、通信兵として島まで来た兵士は豚をどう裂けばいいのかわからない。

「早く裂け！」

子豚を抱きかかえている兵士がナイフを持った兵士を急かす。

「軍人が食べ物を盗む泥棒になったという噂は本当だったんだな！」

「じいさん、俺たちは腹が減ってるんだ」

「子豚を返せ！」

子豚を抱きかかえている兵士が哀れな表情を見せる。「じいさん、俺たちを哀れんでくれ」

そしてすぐに表情を変えてナイフを持った兵士に叫ぶ。「早く裂けって言ってるんだ！」

「ああ、できないよ」ナイフを持った兵士は背を向けて、腰の高さまで伸びたススキを両腕でかき分けながら逃げ出す。

「馬鹿な奴め！」兵士がナイフを持った兵士の背中に向かって怒鳴る。兵士は砂浜に子豚を投げつけてサンガキに向かって叫ぶ。「じいさん、日本が戦争に負けたらお前のせいだと思え！」

兵士はススキをかき分けながら川の上流に向かって逃げていく。まっすぐ立っていたススキが倒れ、スズメの群れが飛び立つ。

砂浜は島の住民が豚を屠畜する場所の一つだ。サンガキはそこで息子たちに豚の屠畜方法を教えたことがある。

サンガキは子豚の前に膝をついて座る。苦しんでいる子豚を両手で胸に抱きかかえる。

❖

「スパイ！　スパイ！」

背後から突然聞こえてくる声にキンジョは驚いて手に持っていたシャベルを落とす。彼は田植えをする田んぼに水を引いて帰る途中だ。

「スパイ！　スパイ！」

キンジョはツルハシかなにかで背中を突かれるような恐怖にとらわれて震える。

「スパイ！　スパイ！」

キンジョはなんとか後ろを振り向く。


「スパイ！　スパイ！」
十二、三歳くらいの男の子三人が、朝鮮人古物商を囲んで叫んでいる。ひどく興奮した男の子たちの手には、刀のように長くて先が尖った木の枝が握られている。
朝鮮人古物商が枯れ草のような声で諭すように話すのがキンジョの耳に聞こえる。

「私はスパイじゃないよ、私はスパイじゃないよ……」

朝鮮人古物商の顔は、苔がひどく広がって蛾の群れがまとわりついているようだ。キンジョはそれを無視して顔を背ける。彼は何も見なかったかのように遠くを見つめて去っていく。

「スパイ！　スパイ！」

木の枝を刀のように振り回しながら朝鮮人古物商を茂みに追い詰めていた男の子たちは、急に散り散りになってどこかに隠れてしまう。

「スパイ！」と叫んでいた狂気じみた合唱が突然途切れ、その静けさをツグミの鳴き声が埋める。そして、どこからともなく老人が朝鮮人古物商の前に歩み出る。サンガキだ。

「サンガキさん……、こんにちは」

「朝鮮人よ、お前たちはどうしてこの島まで来たんだ」

朝鮮人古物商はサンガキの腕に抱かれた赤みを帯びた塊を見つめる。震えているそれが子豚だとようやく気づく。

「どうしてこの遠い島まで来たんだ」

「生きるためです。生きるためにこの島まで来たんです」

「うむ、海と空は繋がっているから行けないところはないさ」

❖

小川の水で顔と手を洗う軍人たちの耳にスピーカーから流れる声が聞こえてくる。米軍がまた木村総隊長に降伏を勧めている。

兵士たちは腹が減っている。肉が狂おしいほど食べたい。米軍が島を占領して以来、兵士たちは肉を食べていない。住民が米軍の目を盗んで持ってきてくれる粗末な食べ物で凌いでいる。

「お前がちゃんと裂いていれば、今頃俺もお前も焼いた子豚の脚を思う存分食べていただろうにな」

豚を裂けと怒鳴っていた兵士がぼやく。

「偉そうにお前が裂けばよかったじゃないか」

「俺はナイフを持っていなかったんだ」

「言い訳がましいな」

武器は子豚を裂こうとしていたポケットナイフだけの兵士たちは、木村の部下ではない。彼らは陸軍で、本島の激戦地から船を見つけて脱出し、海を漂流してこの島に辿り着いた。木村の部下たちから脱走兵扱いされ、木村の命令に従っている。

手に持ったナイフを見つめていた兵士が言う。ナイフには子豚を裂いた時の血がそのまま残っている。

「脱出せずに堂々と戦死すればよかったかな？　靖国神社に神として祀られる栄光でも手に入れてさ。そしたら両親に誇らしい息子になれただろうか？　息子を失った悲しみと苦痛が代償として伴うだろうけどな」

「靖国神社？　笑わせるな。死んだ米軍たちと一緒に沖縄の地に永遠に埋もれることになるさ」

「死んだらどうなるかわからないじゃないか？」兵士はナイフで地面を突く。

「魂というものがあるからな。武器なしで魂たちが戦うんだ。米軍の魂、日本軍の魂。魂たちの戦いではどっちが優勢だろうな？」

「たくさん死んだ方が有利だろうよ。たくさん死ねばその分、魂も多いだろうからな。それにしても木村総隊長には何て言う？」

兵士たちは米軍より木村総隊長の方が怖い。

兵士たちは城跡に戻りたくない。島を脱出したいが米軍が島の海岸を占領している。

走って行く米軍のジープを見つめていた兵士が言う。

「袋の中のネズミだな」

兵士は地面に突き刺したポケットナイフを引き抜いて立ち上がる。

「俺たちのことだよ」

❖

赤ん坊のように呻く子豚をあやしながら家に向かって歩いていたサンガキは、自分の体が土のように崩れて地面に散らばっていく感覚にとらわれる。彼はサトイモの茎のような足の指を丸めて地面を掴む。島全体を握りしめるかのように、全身の力を足の指に集め地面を握りしめて耐える。

サンガキは地面から罪悪がうごめいているのを感じる。それは島にはなかった罪悪だ。

〈この罪悪はどこから来たのか?〉

戦争、兵隊、銃剣。全部島の外から来た。罪悪も島の外から来た。サンガキはゲンを思う。あの子は船に乗って島に入ってきたコレラやインフルエンザに感染するように罪悪に感染した。その罪悪はゲンと人間狩りをする少年たちの魂に植え付けられた。彼らを養分にしてこの島に根を下ろし、しゃにむにしがみついた。

島に罪悪がなかったわけではない。憎しみ、嫉妬、傲慢、怒り、貪欲、姦淫、盗み……。兵隊たちが入ってくる前まで、この島で最も大きな罪悪は父親が娘を崖から突き落として殺したことだ。琉球王国時代にあった出来事で、島の女たちは十五歳になると三十五歳になるまで紬《つむぎ》を織って本島に送らなければならなかった。王国に属する島々の女たちが織って本島に送った紬は集められて日本のある家に貢物として献上された。しかし、献上する紬の量がどれほど多いか、終日織機の前に座って骨がずれるほど経糸と緯糸を織ってもその量を満たすことができなかった。それは家族にとっても大変な苦労であった。それで父親はむしろ死んだ方がましだと娘を崖から突き落としたのだ。

サンガキは娘を島の北の崖まで連れて行って突き落とした父親の亡霊が蘇って島を歩き回っているのを感じる。その父親は日本軍の兵士でも人間狩りをする者でもない。その父親は村の警防団長たちであり、サンガキ自身であり、屠畜業者であり、サトだ。優しくて純朴な笑顔を失い、石のようになりつつある島の人々だ。

❖

泡盛を飲んで顔が赤くなったサトが鎌を腰に巻きつけて家を出る。彼は溝を歩いて上がっていく。

クマゼミの鳴き声がいつにも増してうるさい。

溝の先には、朝鮮人古物商が借りて住んでいる家がある。

「カマーの心は上がったり下がったり……、波は重なり重なり……、明日の順風を今日送ってください」

サトは気分が良くて歌が自然と口ずさまれる。いくつかの歌が混ざり合って前後が合わないままの勝手な歌だ。

切った着物の袖で赤ん坊の服を作っていたフミは、誰かが自分の家の方に歩いてくるのを見る。家には赤ん坊と彼女の二人だけだ。赤ん坊は竹の籠の揺りかごの中でぐっすり眠っている。

フミは手では針目を縫いながら、家の方に歩いてくる誰か見逃さずに見つめる。

それがサトだと気づくと同時に、サトの声が彼女に聞こえてくる。

「お前の夫がズタズタに引き裂かれて野原に捨てられてるぞ！」

❖

長い髪をほどいた女は気が狂ったように泣き叫びながら野原に駆け出す。西の村の人々が山羊や牛を繋いでおく野原だ。三日間ずっと雨が降り続け、所々に水たまりができた野原は、あらゆる草が絡み合って生い茂っている。ウスバカゲロウが群がり、島が揺れ動くほどにヒキガエルが鳴く。

家の方に歩いていた朝鮮人古物商が女を見る。フミだ。彼女は夫の呼ぶ声が聞こえない。

フミは顔や腕、手、足を引っ掻く草をかき分けながら何かを探している。ウスバカゲロウが彼女の鼻と口に入り込む。彼女は水たまりに足を踏み入れ、ヒキガエルを踏み潰してしまうのも感じられず、両腕で草をかき分けながら野原を探し回る。

「フミ？　フミ？　フミ？」

フミは声のする方を見つめる。

「フミ？」

彼女は自分の前に立っている年老いてみすぼらしい男を見る。

「フミ？」

彼女はその年老いた男が自分の夫であることに気づき、へなへなと膝をつく。ヒキガエルの内臓が彼女の足に付着している。

「あなたが引き裂かれて野原に捨てられていると言われました。ズタズタに裂かれて野原のあちこちに捨てられていると……、サトさんが家に来て……」

恨みがこもった目で空を見上げていた彼女は、子どものようにわんわん泣き出す。

野原に駆け出すフミを見て追いかけてきたヒデオが、遠く離れた場所から彼女を見つめている。

その夜、朝鮮人古物商は、暗闇の中で静かに聞こえてくるフミの声を聞く。子どもたちは皆眠っている。

「あなたが死んだら私は生きていけません」

襖が開け放たれていて、月明かりが部屋の中に降り注いでいる。小さな虫たちが畳を這う音がやけに大きく聞こえる。キコが蚊に刺された足を掻きながらぐずり、再び眠りにつく。

朝鮮人古物商は、自分の隣に横たわっているヒデオが起きているのを感じる。

「あなたが死んだら子どもたちも生きていけません」

「……」

「あなた？　眠っているの？」

「いや」

「赤ちゃんの名前をつけなければなりません。いつまでも赤ちゃんと呼ぶわけにはいきません」朝鮮人古物商は一歳を過ぎた赤ちゃんの名前をまだつけていない。出生届も出していない。赤ちゃんはまだ生まれてないのと同じだ。

フミはひとことふたこと寝言のような言葉を呟いてから眠る。ヒデオも眠る。

朝鮮人古物商は自分が四肢を裂かれ、首を切られて血を流しながら野原に捨てられているような気がする。切られた頭はヒキガエルが群がる水たまりの中に突っ込まれているような気がする。

❖

小畑村で最も古いガジュマルの木の近く、朝鮮人古物商は膝をついて座り込む。彼は島の南の海岸に行って帰る途中だ。自分を米軍のスパイだと疑う人々の目を避けて島の南に行ってきた。袋の中には丸三時間歩いて到着した砂浜で拾った米軍の食糧が入っている。ガジュマルの枝に網のように垂れ下がったひげ根が海から吹いてくる風になびいている。

故郷に帰りたくても帰れない。船が再び往来するようになっても帰れない。フミと五人の子どもをこの島に置いてどうして故郷に帰れるだろうか。

朝鮮人古物商は十九歳で仕事を求めて沖縄に来た。日本列島の下にある沖縄がどれほど遠い場所か知らずに来た。日本の島々の一つだと思って来た。彼は故郷の朝鮮で過ごした年月よりも沖縄で過ごした年月の方が長い。故郷の水よりも沖縄の水を多く飲んだ。故郷の土地よりも沖縄の土地を多く踏んだ。彼は故郷が恋しいくらい沖縄本島も恋しい。

朝鮮人古物商は島を見渡す。

島は光で満ちている。まるで母鶏が白くて柔らかい羽で卵を抱くように、光の羽が島を包んでいる。

彼はこの島の水が甘くて美味しいことを知っている。この島の土が暖かくて柔らかい。

山羊、豚、牛、鶏……、この島の家畜たちが愛おしい。山羊の鳴き声が彼にはうるさくなく、歌のように聞こえる。

彼はこの島の肥沃な土で作られたような島の人々の顔と、この島の水で作られたような瞳が気に入っている。しかし、赤みを帯びていた島の人々の顔は今では黒みがかっている。しっとりとしていた瞳は乾いてしぼんでいる。

朝鮮人古物商は震える体をなんとか立ち上がらせる。彼はこの島が自分を押し出すのではなく、しつこく引き留めていることを感じる。

彼はこの島で自分が犯した罪があるとすれば、それは「朝鮮人」であること、それだと思う。自分が「チョウセナージラー」（朝鮮人の顔）をしていること、それが沖縄人でいっぱいのこの島で許されがたい罪なのだ。

彼は、頭がコマのように回るような激しいめまいを感じてよろめく。彼は逃亡者になった気分だ。〈逃げてこの島まで来たのだ……〉彼はこの島でもずっと逃げ続け、崖まで追い詰められ、鎌の刃のような崖の端を両足でかろうじて掴んでいる気分だ。

〈私は日本軍の奴隷として沖縄に連れてこられたんじゃない。自分の足で沖縄の地を求めてやってきたんだ。私には沖縄人の妻がいて、その妻が産んだ子どもたちがいる……〉彼は妻が子どもを産むたびに根が生えて沖縄の地に植えられるように感じた。末っ子が生まれたときは、この島に根が張られるように感じた。

〈私は何から逃げてきたのか？　妻子を連れて何から？　私は朝鮮人、朝鮮人たちから逃げてきた〉

太平洋の島々が激戦地となるにつれて、沖縄には戦争の影が濃く立ちこめた。朝鮮人たちが船に乗せられて、日本軍の飛行場建設現場や陣地構築現場、壕を掘る現場に送られた。保険のセールスマンをしていた朝鮮人古物商は読谷に行って、青い服を着て滑走路を固めている朝鮮人たちを見た。壕をツルハシで砕いている朝鮮人たちを、港で木材や弾薬を運んでいる朝鮮人たちを見た。沖縄人たちは、自分たちの土地に日本軍が連れてきた朝鮮人たちを蔑み敵視しながらも、朝鮮人たちを恐れていた。朝鮮人古物商も朝鮮人たちが怖かった。彼は自分が沖縄人たちよりも朝鮮人を恐れていることに気づくたびひどく苦しみ混乱した。彼はまぎれもない「チョウセナージラー」をしている自分を朝鮮人たちが見て朝鮮語で話しかけてくるのではないかとひどく心配した。朝鮮人たちが二人以上集まっていると遠回りをした。朝鮮人が前から歩いてくると目を合わせないように顔をうつむけた。

地に埋もれて腐るまで「チョウセナージラー」を脱ぐことはできない……。朝鮮人という罪はこの地のどこでも許されることがない。

〈行こう……。フミのところへ行こう……。子どもたちのところへ行こう……。家に帰ろう〉

朝鮮人古物商は妻と子どもたちがとても恋しい。長い間会っていないようにフミの顔も、子どもたちの顔もぼんやりしている。

朝鮮人古物商は力を振り絞る。彼は大股に歩幅を広げて家に向かって歩き出す。

「ヒデオ?」

溝沿いに生えた草に向かって木の枝を振り回していた男の子が、顔を上げて朝鮮人古物商を見つめる。

「おじさん」

「ヒデオ……」

朝鮮人古物商は、ヒデオが自分を「おじさん」と呼ぶことに寂しい感情を抱かない。弟たちがヒデオに倣って自分を「おじさん」と呼んでもその子を責めなかった。しかし、今、ヒデオが「おじさん」とつぶやく声を聞いた瞬間、自分でも抑えきれなかった感情がこみ上げてきて、胸が熱くなる。

〈この子が俺を父さんと呼ぶ日が来るだろうか? この子が俺を父さんと呼ばないのは、俺が朝鮮人だからではない〉

ヒデオは祖母の手で育てられ、五歳になってから母親と一緒に暮らすようになった。フミはヒデオに朝鮮人古物商を「おじさん」と呼ばせた。

朝鮮人古物商はこみ上げる涙を飲み込みながら言う。

「ヒデオ、家に入ろう。食べ物を手に入れてきたよ」

水以外何も食べていないヒデオは、しかし喜ばない。彼は袋の中を見なくても何が入っているのか分かる。その子はおじさんが米軍が食べ残した食糧を拾ってくるのが嫌だ。嫌だけど食べる。お腹が空きすぎているから食べる。

「ヒデオ、早く家に入ろう」

❖

サギのヒナのように痩せた女がすすり泣きながら果てしなく続く一本道を歩いていく。女の手には包丁が握られている。牛牧場の最年少の労働者だったベンの母親だ。女は息子がどのように殺されたかを聞いて気が狂った。四〇日後、晴れた空に稲妻が走るのを見て正気に戻った女は、耐えられないほど苦しみ、再び狂ってしまった。最初よりもさらにもう戻れないほどに狂ってしまい、台所に駆け込んで包丁を手にして家を出た。

「ベン……、私の息子……」

女は息子を殺した奴らを同じように切り刻んで殺さなければ生きていけない。女は牛牧場に行けば息子を殺した奴らに会えると思っている。女はすすり泣きながら歩いているため、自分が牛牧場ではなくサトウキビ工場に向かって歩いていることに気づかない。

第八章

❖

小畑村の警防団長の家に向かう途中、キンジョは突然ぞくっと身震いし、肩をすくめる。誰かが自分を尾行しているという感じにとらわれる。

キンジョは咳払いをして後ろを振り返る。誰もいない。道には彼一人だ。井戸にもいない。道で遊んでいる子どもたちもいない。低い石垣の向こうに見える家の庭にも人影は一つもない。村は異様なほど静かだ。豚の鳴き声すら聞こえない。

キンジョは再び歩き始める。誰かが自分を尾行している感じが消えない。突然後ろを振り返ると彼の瞳が揺れる。

「こいつは？」

十二、三歳くらいの男の子が綿のように白いウサギを抱きしめ、撫でながら高さ二メートルを超えるフクギの木の下に立っている。

キンジョがじっと見つめると、男の子がびくびくしながらお辞儀をする。

「お前は……」

キンジョの開いた唇が痙攣する。

朝鮮人古物商に向かって枝を振り回し「スパイ！」と叫んでいた男の子たちの一人だ。

キンジョは慌てて周囲を見回す。一緒に枝を振り回していた他の男の子たちもどこかに隠れている気がする。

「なぜ俺を尾行しているんだ?」

男の子がウサギを撫でながら不機嫌な表情でキンジョを見つめる。

「なぜ俺を尾行しているんだ?」

「僕は友達の家に行く途中なんだけど」

「友達? 友達って誰だ?」

「ツムだよ」

「ツム? その子の家には何しに行くんだ?」

キンジョはツムという男の子も間違いなくあの時の男の子たちの一人だと思う。

「ウサギを見せてあげようと思って」

キンジョはウサギを見つめる。ウサギはほとんど動かず、死んでいるように見える。

キンジョは男の子に近づく。

「誰に言われたんだ?」

キンジョが両手を伸ばして男の子の肩を掴む。彼の指に力が入ると、男の子が驚いて
「あっ!」と叫ぶ。

「俺を尾行しろと誰に言われたんだ?」

キンジョは男の子の肩を激しく揺さぶる。驚いたウサギが男の子の腕の中から飛び出す。

「僕のウサギ！」

逃げるウサギを捕まえようと手を伸ばす男の子を、キンジョは離さない。

「離してよ！」

「早く言え。誰に言われたんだ？」

「僕のウサギ！　僕のウサギ！」

男の子は全力でキンジョの手から逃れる。しかし、ウサギはすでに逃げてしまっている。

キンジョの歪んだ顔と体は汗でびっしょりだ。ウサギを失って怒り心頭の男の子がキンジョを睨みつける。

男の子の口が開く瞬間、キンジョは手で自分の耳を塞ぐ。

「俺はちがう、俺はちがう……」

キンジョの声が激しく震える。

男の子はもう一度キンジョを睨みつけると、ウサギが逃げた方へ駆け出す。

男の子たちが「スパイ！　スパイ！」と叫ぶ幻聴が彼の耳に聞こえる。

「俺はちがう、俺はちがう……」

キンジョは絶望的に呟きながらへなへなと座り込む。

❖

末娘の家から帰る途中のサンガキは、黒い歯を見せて笑っているサトを見つめる。二〇年以上前に亡くなったサトの母親とサンガキは兄妹だ。サンガキの母親はこの島で九人も子どもを産み、そのうち六人だけが生き残った。そして今まで生きているのは彼一人だ。

「サトか?」

「おじさん、おじさん、久しぶりですね」

その時、屠畜業者が通りかかると、サトがねちねちした目つきで見ながら尋ねる。

「木村総隊長が近々またスパイを処刑するんだって?」

屠畜業者が蔑むような目つきで見ながら通り過ぎると、サトの表情が一変する。

「ふん、屠畜業者のくせに偉そうに!」

屠畜業者の後ろ姿に向かって目を細めるサトを見ていたサンガキが尋ねる。

「サト、お前は誰に似たんだ?」

「え?」

「お前は誰に似たんだ?」

「それは父さんと母さんに似たんでしょう。獣でも親に似るというのに、人間はなおさらでしょう?」

サンガキが首を振る。

「俺の姉は寛大で優しい女だった。義兄も情が深くて優しい人だった。サト、お前は誰に似たんだ？」

サトが狡猾に笑う。

「おじさん、母さんが糸車の前で泣きながら言っていたことと同じことをおっしゃっているようですね。俺が七、八歳の時のことですよ。母さんが糸車を回しながら言ってたんです。〈サト、お前は誰に似たんだ？〉って」

「サト、朝鮮人古物商をスパイとして密告してないだろうな？　彼はスパイじゃないぞ」

「密告ですか？」

サトは不思議そうな表情を浮かべる。

「誰がそんなことを言ったんですか？　俺が朝鮮人古物商をスパイとして告げ口したと誰が言ったんですか？」

サトは悔しそうに言いながらもサンガキの目を避ける。

「サト」

「十あれば十、朝鮮人古物商がスパイだと疑っていますよ」

「彼はスパイじゃない」

「ふん、スパイじゃなくても仕方ないですよ」

「サト……」

「おじさん、自分の子どもと他人の子ども、どちらかを殺さなければならないなら、どっちを殺しますか？　おじさんはどちらを殺しますか？」

「サト、お前は自分の子どもを殺さなければならない日が来るぞ！」

❖

朝鮮人古物商は草むらに繋がれている白い山羊を見つめる。島で三〇〇匹以上の山羊が屠畜された際に生き残った山羊だ。白い山羊が彼には白いチョゴリとチマを着て立っている母親に見える。

〈お腹が空いているからだな〉

十九歳で離れて五十一歳になったので、母親と別れてから三十二年が経ったことになる。

〈母さん……〉

朝鮮人古物商には白い山羊がますます母親に見える。

〈母さん……〉

山羊から背を向けた朝鮮人古物商はその場で凍りつく。サトが顔を斜めに上げて彼を睨んでいる。

「今日は何の日か知ってるか？」

サトはにやりと笑う。

「……」

「あの山羊を殺す日だ」

朝鮮人古物商は声すら出せない。

「俺は幼い頃から山羊を殺す日が好きだった。不思議と興奮したんだ。だから誰かの家で山羊を殺すという噂を聞くと見に行ったんだ。豚を殺すのはただうるさくて騒がしく汚いだけだった。牛を殺すのもあまり面白くなかった。鶏を殺すのはつまらなかった。山羊は見た目からして奇妙だろう？　頑固で全く音を立てずにおとなしく死ぬんだ」

フミは夫が四日前に南の海辺で拾ってきた米軍の食糧でお粥を炊き、子どもたちに食べさせる。

「ウォッシュ！　ウォッシュ！　母さん、米軍が井戸のある家に来てウォッシュ、ウォッシュって言ったんだって。ウォッシュ、ウォッシュ。『俺の服を洗ってくれ、俺の服を洗ってくれ』」

「俺の服を洗ってくれ、俺の服を洗ってくれ」フミオとキコは大喜びだ。

「母さん、米軍がフクロウの森で蛇を捕まえるのを見たんだ。米軍の一人が頭を掴み、もう一人が尻尾を掴んで笑っていたんだ。うちの台所に入ってきた蛇よりも大きくて黒い蛇だったよ。川でも米軍を見たよ。巨人みたいに大きい米軍が裸で泳いでいたんだ。母さん、でも白人の米軍は川の上で泳いでいて、黒人の米軍は川の下で泳いでいたんだ。母さん、黒人の米軍がなぜ川の下で泳ぐか知ってる？」

「なぜ？」

「人種差別のせいだよ。母さん、人種差別っていうのは、人間を一等、二等、三等……、そうやって分けることなんだ。日本人は一等、沖縄人は二等、朝鮮人は三等。母さん、僕は朝鮮人なの？」

「フミオ、お前は沖縄人なんだよ。そして日本人なんだ」

「でも僕は朝鮮人だって言われたよ」

「誰がそんなことを言ったの？」

「子どもたちが」

「フミオ、お前は沖縄人なんだよ。沖縄人の日本人なんだ。そう、お前は沖縄人の日本人なんだ。ミユ姉ちゃんも、キコも、赤ちゃんも」

「父さんが朝鮮人だから朝鮮人だって言われたよ」

「フミオ、よく聞きなさい。ミユ、キコ、お前たちもよく聞きなさい。母さんがあなたたちを産んだでしょう？　母さんは沖縄人でしょう？　沖縄人の母さんがあなたたちを産んだからあなたたちは沖縄人なんだよ。しかもあなたたちは沖縄で生まれたでしょう？　だからあなたたちは沖縄人なんだよ。フミオ、沖縄はヤマト世《ユー》だから沖縄人はみんな日本人にならなきゃいけないの、だから日本人なんだよ」

「母さん、それじゃ兄ちゃんは？　ヒデオ兄ちゃんは？」フミオが尋ねる。

フミは困惑する。フミオは兄が自分と父親が違うことを知っている。

フミは何も言わないヒデオを見つめる。ヒデオは母親を見ようとせず、うつむいている。堤防に白い魚を捨てて逃げなければならなかった日以来、ヒデオはめっきり口数が少なくなった。

「ヒデオ兄ちゃんは日本人なんだよ」

ヒデオが空の茶碗を置いて立ち上がる。

「ヒデオ兄ちゃん！」

ヒデオはフミオが呼ぶ声を無視して庭に出る。

フミは縁側にぽつんと座っている夫を見つめる。夫はずっと何も言わない。彼女は夫が何を考えているのか気になるが、尋ねない。彼女は自分が無理していることを知っているが、仕方がないと思う。ヒデオは日本人でなければならない。そして他の子どもたちは沖縄人の日本人でなければならない。そうすればこの島で無視されず、害を受けずに生きていける。

フミオとキコも空の茶碗を置いて庭に出る。さっきまで庭にいたヒデオはどこに行ったのか見えない。

ミユがヒデオ兄ちゃんを探しに行き、フミのそばには赤ん坊だけがいる。赤ん坊は竹の籠の中で眠っている。朝鮮人古物商はまだ縁側に黙って座っている。

「山羊を煮る匂いがする。山羊を殺すって言ってたから」

朝鮮人古物商は昼間サトが言ったことを思い出し、うめき声を上げる。

「タマキさんの次女がさっき弟をおんぶしてうちに遊びに来てたんだけどね。お父さんが山羊を殺すってミユに話してたのを聞いたんだよ」

「うん」

フミは空の茶碗を重ねながら言う。

「タマキさんも木村総隊長のスパイ名簿に載ってるって噂があるんだけど。サトさんがスパイの嫌疑をかけて密告したんだって。タマキさんがスパイだなんて……。家主の奥さんが言ってたんだけど、サトさんがスパイだと言えばスパイになるんだって」

フミは肩を震わせる。

「今夜この島で何が起こるか誰にも分からない」

彼女は今夜この島で何かが起こりそうで不安だ。

「早く夜が過ぎて朝が来ればいいのに」

しかしまだ夕闇も降りていない。まだ夕方だが庭は真昼のように明るい。

赤ん坊が目を覚ます。フミは竹の籠の中の赤ん坊を抱き上げる。島で生まれた赤ん坊が自分と夫、他の子どもたちも守ってくれることを彼女は心から願う。家の裏から歌声が聞こえてくる。ヒデオが歌っている声だ。

❖

城跡の崩れた石の上に座って風に当たっているユミコを見て、ゲンが近づく。

「姉さん」

ユミコの生気のない瞳がゲンを向く。

「聞きたいことがあるんだけど、聞いてもいい？」

「何？」

「スパイ名簿って本当にあるの？」

「……」

「スパイ名簿だよ。見たことない？」

「見たことない」

ユミコはスパイ名簿を見たことがない。正確に言えば、スパイ名簿に書かれた名前を見たことがない。彼女はスパイ名簿を見たくない。名簿に書かれた名前が気にならない。彼女は覚悟さえ決めれば、木村が眠っている間にスパイ名簿を覗くこともできる。木村に協力している住民たちはスパイ名簿を見たがっている。もしかしたら自分たちの名前もスパイ名簿に書かれているのではないかと疑っているからだ。

失望して背を向けようとするゲンにユミコが尋ねる。

「ねえ、あんたも人間狩りなんでしょう?」

ゲンはにやりと笑う。

「牛牧場で人を九人も殺して小屋と一緒に燃やしたんだって?」

「燃やしたんじゃなくて火葬したんだよ」ゲンはイケダから聞いたそのままを話す。「日本では人が死ぬと火葬するんだって」

「そうなの?」

「僕、姉さんのこと知ってるよ。僕の姉さんと友達だったでしょ?」

「あんたの姉さんって誰なの? あんたの姉さんの名前は?」

「ナオミだよ。子どもの頃にナオミ姉さんについて姉さんの家に遊びに行ったことがあるんだ」

「ああ、ナオミ……」ユミコの瞳が泳ぐ。

「あんたの姉さんはどこにいるの?」

「大阪だよ。そこで紡績工場に通っているんだ。イタチ兄さんも姉さんのこと知ってるって」

ゲンは土窟の前に座っている少年を手で指さす。

ユミコは少年を見つめる。

「姉さんと国民学校三年生の時に同級生だったたって」

「覚えてない」ユミコは冷たく言う。

「姉さんの家も知ってるって」

ユミコはゲンとこれ以上話したくなくて立ち上がる。彼女は小屋に入る。

木村は机にスパイ名簿を広げ、その前に座っている。

ユミコはもしかしたら自分の名前もスパイ名簿にあるかもしれないと思う。それでも彼女はスパイ名簿を見たくない。木村が結局島に住む全ての人の名前をスパイ名簿に載せるからだ。

「どうして私をそんな目で見るんだ？」

「臆病者……」

「大きな声で言えよ。そうしないと聞こえないだろう」

彼女は木村がどれほど臆病か知っている。彼女は彼が自分よりも臆病なのを知っている。

❖

一晩経っても島には何も起こらなかった。

井戸から戻ってきた妻が、仏壇の前でぼんやり座っているキンジョに言う。

「米軍が住民に国民学校に集まるようにって言ったって。天皇が重要な発表をするらしいわ」

彼女は興奮して話す。

村屋の拡声器から国民学校に集まるようにという村長の声が響き渡る。人々は田んぼや畑に行く代わりに国民学校に向かう。子どもたちも何事かと大人たちについて国民学校に向かう。

サンガキも長女と一緒に国民学校に向かう。

天皇の写真が祀られている国民学校の奉安殿に集まった人々の中には、キンジョも、サト夫妻も、屠畜業者も、ゲンの国民学校時代の担任だった女と彼女の夫もいる。奉安殿に入れなかった人々は廊下に長く並んで立っている。ざわめく人々の中で朝鮮人古物商は黙って立っている。

奉安殿に集まっている人々は、米軍が天皇の写真の下に設置した大きなラジオを見つめている。米軍の一人がラジオをいじる。釘で金属を引っ搔く音がしたかと思うと、男の声が流れ出る。

「耐え難きを耐え、忍び難きを忍び……」

大畑村の村長が廊下まで響く大声で言う。

「天皇陛下だ！」

瞬間、山鳩が飛び立つ音が鮮明に聞こえるほど人々が静かになる。

ラジオの真ん前に立っているサトの顔が歪む。

金髪の米軍がラジオの音量を最大にする。

黒いモンペを履き、耳をそばだてていた女がすすり泣きながら床に座り込む。サトの妻だ。

屠畜業者が憤りながら両膝をついて座る。彼は天皇の写真に向かって罪人のように伏して声を殺して泣く。

タマキも膝をついて座り、頭を垂れている。

髪の短い女が顔を上げて天皇の写真を見つめる。ゲンの担任だった女だ。「あの声が本当に天皇の声だって？」彼女は首を横に振る。自分が想像していた天皇の声ではない。神経質で傲慢で不誠実に感じられる男の声が天皇の声だなんて。彼女は失望を通り越して騙された気分になる。彼女は強くて優しく慈悲深い声を想像していた。

「ううっ……」

キンジョは日本が戦争に負けたことが悔しい反面、蛇のように自分を巻きついていた恐怖が一気に消え去るのを感じる。彼は安堵の表情を見せないように深く頭を垂れ、屠畜業者の後ろに膝をついて座る。心から悲しみすすり泣く妻の隣で、偽りの涙を流す。

廊下からも泣き声が吹き上がる。奉安殿は涙の海だ。サトの妻は実家の父親が亡くなったときより、もっと悲しげにすすり泣く。天皇の声に黙って耳を傾けていたサンガキは嘆息を漏らす。〈戦争が終わってよかった！〉

人々は天皇の降伏宣言に怒りと悲しみですすり泣きながらも、戦争が終わったことに喜び、また安堵して家に帰る。

ゲンの担任だった女の夫は、家に帰る途中で妻に言う。彼は中学校の数学教師だ。

「世の中が完全に変わった。アメリカ世《ユー》の中になったから、今日からうちの子どもたちに英語を教えなきゃ」

❖

サンガキは川で泳ぐ米軍を見物する。日本軍が盗んだ子豚を切りつけていた砂浜には米軍の軍服と下着が散らばっている。二十人ほどの米軍は子どものように楽しんでいる。

サンガキの目には、米軍が島を戦利品のように楽しんでいるように見える。

「おじさん、何をそんなに見ているんですか?」

ヤマザトと彼の年老いたロバがサンガキを見つめて笑っている。彼は日中戦争で亡くなったヨイシネの長男とも、サンガキの息子とも友達だった。彼は自分だけが生きて帰ってきた罪悪感からヨイシネとサンガキを特別に思い、わざわざ訪ねてくる。彼はヨイチの消息が気になってヨイシネの家を訪ねる途中でサンガキを見かけた。

「米軍ですね」

ヤマザトはサンガキと一緒に米軍が泳ぐのを見物する。

「米軍はまさかこの島にずっと居座るつもりじゃないでしょうね?」ヤマザトが尋ねる。

「戦争が終わったんだから、みんな故郷に帰らなきゃならないよ。母親の元へ、妻の元へ……」

「この島の運命はどうなるんでしょう?」

「戦争前に戻らなきゃならないだろうね」

「そうするためには米軍がこの島を去らなければならないですね」

「うん……」

「どうもすんなりとは行かない気がします。米軍はこの島をとても気に入っているようです。噂では島の南側はすでにアメリカユーになっているそうです。西の村の女たちは米軍の洗濯婦になって、米軍の下着まで洗っているそうですよ」

サンガキも西の村に行ったとき、米軍の下着を洗っている村の女たちを見た。女たちの中にはその村に住んでいる彼の次女もいた。

「もうスパイの処刑はないでしょうね？」

「ないはずだ」

「ところで、おじさんもスパイ名簿に載っているという噂がありましたが、聞いたことがありますか？」

サンガキは笑う。

「俺が子どもの頃、嫉妬深くて性格の悪い女がいたんだ。隣の家の雌豚が五匹も子豚を産むと、無性に腹が立ったその女は隣の家の女を訪ねてこう言ったんだ。『今年を越せずに死ぬだろう』鼻であしらっていた隣の女は、自分が今年を越せずに死ぬという話を信じ始めたんだ。隣の女はその年を越せずに亡くなった」

ヤマザトと年老いたロバが去り、サンガキは空を見上げる。

空はそのままだ。川もそのまま、海もそのまま、地もそのままなのに世の中が変わったようだ。

彼は三代にわたって住んでいるこの島が、一日も住んだことのない島のように見慣れず、立ち去ることができない。泳いでいた米軍が去り、川と砂浜が空っぽになると、元々あったものたちで満たされる。日差し、川の流れる音、鳥の声、風……。

❖

戦争が終わったという知らせを妻に伝えようと急いで家に帰る朝鮮人古物商は、西の村と海が見下ろせる丘の上で荒い息を吐く。

〈生き延びた！〉

戦争が終わったので、人間狩りは誰も殺さないだろう。光に包まれた翡翠色の海を見つめる朝鮮人古物商の目が涙で潤む。昨夜、彼は人間狩りが自分を狙っているという恐怖と不安で一睡もできなかった。夜が明けると、体内の血が一滴も残らず乾いてしまったように感じた。途絶えていた船も再び往来するだろう。古物商の仕事も再開できるだろう。彼は故郷に帰って住むつもりはないが、死ぬ前に故郷に行ってみたい。フミオが自分の兄のように大きくなったら、その子を連れて行くこともできるだろう。

「お前のせいで日本が戦争に負けたんだ！」

背後から突然聞こえてくる声に朝鮮人古物商は驚いて振り返る。

「あ、サトさん……」

「スパイ、悪辣な口で俺の名前を呼ぶなんて。もう一度呼んでみろ、舌を引き抜いて海に投げ捨ててやる」

サトは朝鮮人古物商の足元に唾を吐く。彼は国民学校から朝鮮人古物商を追いかけてきた。

サトは歯ぎしりしながら怒りを抑えきれずに叫ぶ。

「お前、お前、お前のせいだ！」

❖

渓谷から戻ったゲンはリョタの隣に座る。歯を食いしばり、拳を握ったり開いたりしているリョタの様子を伺う。「リョタ兄さん」と呼びかけようとするが言葉が出ない。

ゲンは他の兄たちを見つめる。タヌキは頭を垂れて罵りの言葉を吐いている。リスは両手で頭を抱え込んで苦しそうにうめいている。ミナトは狂ったように独り言を呟いている。

洞窟には少年たちだけだ。

朝までは兄たちは次の処刑対象を当てる賭けをして興奮していた。

タヌキの頭が上がる。充血した目でゲンを睨みつけると再び頭を垂れる。

ゲンは不安だ。兄たちの機嫌が悪いのは自分のせいのように思える。〈俺がまた何か悪いことをしたのか？　一人で渓谷に行ったから怒っているのか？〉

ゲンは自分が何を間違えたのか知りたがっている。

「リョタ兄さん」

リョタは聞こえないふりをする。

「兄さん」

「うるさい！」リョタが激しく怒る。

ゲンは呆然とする。彼は騒いでいなかった。リョタ兄さんを呼んだだけだ。

「リス兄さん」

「馬鹿野郎、黙れ！」

イタチがゲンを睨みつけて言う。

「お前、今から一言も話すな。一言でも喋ったら、口を潰してやる」

ゲンが渓谷で顔を洗っている間に、少年たちは日本が敗戦したという知らせを聞いた。

兄たちの様子を伺っているゲンの耳にすすり泣く声が聞こえる。兵隊が泣いている声だ。ゲンは兄たちの様子を伺いながら何事かと洞窟を出る。

兵隊たちが城跡のあちこちに座り込んでいる。片膝をついて座り、拳で地面を叩いて憤りを噛みしめていた兵隊がゲンを睨みつける。

「沖縄の奴らのせいで日本が戦争に負けたんだ」

❖

小屋から出て自分たちの方へ歩いてくる木村を見て兵士たちが立ち上がる。

兵士たちは目を伏せ、木村が下す命令を恐る恐る待っている。戦争に負けた虚脱感は不安に変わっている。彼らは自分たちの運命がまだ米軍ではなく木村にかかっていることを知っている。

「まだ終わっていない！」

兵士たちが顔を上げ、お互いに戸惑った表情で見つめ合う。

「戦争！　戦争はまだ終わっていない！」

夕暮れ時、城跡から炎と煙が上がる。城跡から銃声が豚の屠畜場まで聞こえる。木村が住んでいた小屋が燃えている。

❖

タミはネズミの尻尾ほどのサツマイモを四つ蒸して籠に入れ、ゲンを待っている。戦争が終わったので、息子が帰ってくるだろう。彼女は息子が帰ってきたらきれいに洗い、村のユタに連れて行くつもりだ。悪魔のような軍人の魂を息子の体から追い出し、優しい息子の魂を探し入れてくれるように頼むつもりだ。

タミがゲンを待っているのにはもう一つ理由がある。ゲンが帰ってきてくれないと、大阪の紡績工場に勤める娘に手紙を書くことができない。彼女は全く字が書けないので手紙を書くことができないのだ。だから彼女が娘に伝えたいことをゲンに話して書き取ってもらい、翌日郵便局に行って姉に送ってもらった。そうすると、どんなに遅くても一か月くらいかかって娘から返事が来た。返事が来ない時もあったが、返事がくるときには必ず手紙と一緒にお金を送ってきた。彼女は娘からの返事がないと、娘が結核にでもかかったのではないかと心配した。彼女は娘が勤めている紡績工場の名前も住所も知らない。昨年の春、桜が散る頃に最後に送ってきた手紙では、娘は紡績工場で友達と一緒に給料が少し高い紡績工場に移ると言っていた。

タミは今日に限って娘がとても恋しい。だからゲンがそばで書き取っているかのように目を細め、小声で呟き始める。

「私の娘ナオミ、最近お金はたくさん稼いでいるかい？　どこか具合の悪いところはないかい？　たちの悪い結核にかかっているんじゃないだろうね？　戦争が終わったので船がまた来るようになるはずよ。母さんはサトウキビを一生懸命育てているんだよ。昨年は干ばつのところに、度々の空襲でサトウキビの収穫が駄目になったんだよ。空襲がひどい時ヤマザトさんのサトウキビ畑に爆弾が落ちてサトウキビが全部燃えてしまったんだよ。それにサトウキビ工場の機械も爆弾をくらって焼けてしまったんだよ。だからお前がこの世で一番好きなサトウキビを搾る香りを島のどこでも嗅ぐことができなかったんだ。ヤマザトさんが言うには、戦争が終わったから島の住民たちが協力してサトウキビの機械を再び作るんだって。サトウキビを育てて生計を立てている家が一軒や二軒じゃないからね。お前が小さい頃にヤマザトさんが背中に乗せてくれたロバは年を取ってぼけちゃったんだよ。動物は人間よりも早く年を取って死ぬからね。ヤマザトさんは優しい人だからロバを妻のように、子どものように可愛がっているんだよ。私の優しい娘ナオミ、今年のサトウキビの収穫時には家に遊びに来られないかい？　戦争が終わったからその時は船が来るはずだ。家に遊びに来たら母さんが黒糖をたっぷり食べさせてあげるよ。お前に黒糖を一つも食べさせられなかったのを母さんは何度も何度も後悔している。私の優しい娘……、工場の仕事が忙しすぎて家に来られないなら、母さんの夢にでも一度訪れておくれ。母さんはお前の顔がぼんやりしているんだよ。弟のゲンも姉さんに会いたがっているよ……。ゲンは立派な男になったよ……。ナオミ、私の娘、遠く離れた異郷で体に気をつけて、体に気をつけて、どうか体に気をつけておくれ……」

第九章

3名

❖

ヨミチは竹の釣り竿と竹の籠を手にして小屋の庭を出る。台所にいたケイコが後を追い、慌てて言う。

「あなた、笠を！」

ヨミチは妻の手にあるヤシの木の笠を見つめる。妻と赤ん坊を連れてこの小屋に避難してきたときに顔を隠すために使っていた笠だ。

「使わなくていいよ」ヨミチは大きな目を輝かせて明るく笑う。

「人に見つかったらどうするの！」

「ケイコ、戦争は終わったんだ。木村の軍隊が俺を狙う理由はなくなったんだ」

昨日遅く、ヤマザトが年老いたロバと一緒に小屋にやって来た。彼はヨミチに天皇の降伏の知らせを伝えた。

ケイコは喜びながらも不安だ。

「あなた、本当に戦争が終わったの？」

「日本は敗北したんだ」

「信じられないわ」ケイコは首を振る。

「ケイコ、もう誰も俺たちを狙うことはないよ」

「それでも気をつけて」

「うん」

「ああ、あなた！」

ヨミチは妻を振り返る。自分がまだ若いことをすっかり忘れていて、妻がさらに若いことに一瞬驚く。俺の子を産んでくれた女、そしてまだ生まれていない俺の子を産んでくれる女。彼は妻が夫に似た子どもをたくさん産みたいと思っているのを知っている。彼女は夫に似た子どもがこの島に多ければ多いほど、この島がもっと住みやすい島になると考えている。ヨミチは大家族の中で育った。彼の兄弟たちは隣人の羨望を集めるほど仲が良く、親孝行だった。彼は良い息子であることを父から学んだ。良い父親になることもまた父親から学んだ。兄たちからは良い兄になることを学んだ。彼が父親と同じくらい信頼し慕っていた兄たちは戦争で亡くなった。

「あなた……」

「うん？」ヨミチが妻の名前を呼ぶ。

ケイコは夫に言いたいことがあった。しかし、それを忘れてしまった。〈必ず言わないといけないことなのに……〉

「ケイコ？」

「あなた……、気をつけて」

ケイコはアダンの木の間を歩いていくヨミチの後ろ姿を見つめ、尋ねたかったのが何かを思い出す。

〈彼らはどうなったのか？　木村の兵隊たちと人間狩りたちはどこにいるのか？〉

彼女は無理をしてでも夫に笠を被せなかったことを後悔する。目が覚めた赤ん坊が母親を探す。彼女は笠を縁側の一角に置いて部屋に入る。

「お父さんは魚を捕りに行ったのよ。お父さんが魚を捕ってくれれば……」彼女は言葉を途中で止める。朝方に見た夢を思い出したのだ。夢の中で赤ん坊の顔は真っ黒だった。手も足も炭のように真っ黒だった。

❖

ヨミチは平らな岩の上に立って海を見つめる。彼の目は空っぽに見えるほど光で満ちている。海は青い絵の具を塗った紙を水平に広げたように穏やかだ。淡い緑色の水平線は遠くに押し出されている。海岸から二〇〇メートルほど離れたところに米軍の艦隊が二隻浮かんでいる。

〈俺がこの島を守り抜いたんだ！〉

ヨミチは自分自身を誇らしく思い、心臓が破裂しそうになる。彼は感激のあまり、自分にゆっくりと近づいてくる影に気づかない。

餌に食いついた白い大きな魚が海を切り裂いて上がってくる。ヨミチは手を伸ばして白い魚の体を掴む。白い魚を竹の籠に入れながら、彼はケイコがどのように料理するのかが気になる。母親なら大根を入れて澄んだスープを作るだろう。

ヨミチは自分がもう日本の軍人でもなく、米軍に捕らえられた捕虜でもないという事実に気づき、縄から解き放たれたような解放感を感じる。

〈俺は誰だ？〉

両親の息子、ケイコの夫、俺の息子の父親……。

❖

ケイコが赤ん坊を抱えて悲鳴を上げながら台所に駆け込む。イタチとリョタが血を垂らしているヨミチを庭に投げ捨て、彼女の後を追って入ってくる。

ケイコは恐怖に駆られ、顔が崩れ落ちそうな表情でイタチとリョタを見つめる。

「赤ん坊だけは助けてください、赤ん坊だけは助けてください……」

ケイコは泣きながら懇願する。

イタチがリョタを見つめる。

「赤ん坊も殺せと言われたんだ」

その言葉を聞いたケイコは首を振りながら赤ん坊を自分の背後に隠す。

「助けて……」

ケイコは声が出ない。彼女の見開かれた目は、自分と赤ん坊に向けられた銃剣の刃をじっと見つめている。彼女は赤ん坊に乳を飲ませようと服を脱いでいたとき、足音を殺して近づいてくる少年たちを見た。彼女はあまりの驚きに心臓が止まりそうだった。

「スパイ!」リョタが呪文のように歯ぎしりしながら呟く。

悲鳴と同時に血が台所のかまどの上や壁に飛び散る。その時、台所に駆け込んできたゲンの顔にも血が飛び散る。瞳が血に濡れる瞬間、彼は泣いている赤ん坊を空中に投げ、銃剣で受け止める幻視を見る。
幻視はゲンが赤ん坊の心臓に銃剣を突き刺す場面に変わる。

❖

薪にする木の枝を拾いに森に入った女は血痕を見る。血痕は車輪の跡のようにアダンの木々の間に長く続いている。女は村の誰かの家で山羊を殺したのだろうと思う。

〈不器用に血をあちこちに撒き散らして〉

木の枝を拾っていた女は焼ける匂いを嗅ぐ。山羊を焼く匂いではない。獣を焼く匂いのようだが何か分からない。不快でひどい匂いがいぶかしい。何を焼いているのだろう？

森を見回していた女は木々の間から立ち上る煙を見つけ、その方に歩みを進める。ヨミチ家族が隠れていた小屋の前で足を止める。庭に投げ出されている炭のように黒い塊が女の目を引く。一つはとても小さく、一つははるかに大きく、もう一つはそれより少し大きい。塊から黒い煙がほつれた糸のように立ち上っている。

アダンの木の実がドスンと落ちる。

〈人間だわ！〉

❖

年老いたロバは巻かれた筵《むしろ》を背負い、のろのろと歩く。石のような足を地面に下ろすたびに蜘蛛の巣のような土埃が立つ。ロバは来た道を戻っている。大きな峠を三つ越え、村を四つも通り過ぎなければならない長い道のりだ。

実際、年老いたロバは目が見えない。人間が家で飼う獣は人間と同じように老いる。歯が抜け、目と耳が聞こえなくなり、陽炎のような白いひげが生え、精神がぼうっとして痴呆になることもある。

年老いたロバは片足を引きずる。筵の重さのせいだ。筵に巻かれロバの背に載せられているのはヨミチだけではない。ヤマザトは中国で死んだヨミチの長兄ドロクも一緒に載せていると考えている。ドロクも日本軍に殺されたも同然だ。日本軍に切り刻まれ焼かれた。彼の遺骨は故郷に帰ることができなかった。粉々に砕かれ中国の地に撒かれた。

〈ドロク、ついに家に帰るんだな〉

井戸が見えるとヤマザトは水を汲んでロバに飲ませる。ロバが十分に水を飲んでから、自分も喉を潤す。

井戸で自分の足よりも大きな大根を洗っていた年老いた女が、ヒキガエルのような鼻をクンクンさせながら呟く。

「どこかで獣を焼いてるようだ」

❖

ヨイシネは自分の家に向かって歩いてくるヤマザトと年老いたロバを見る。

ヨイシネの顔は墨のように黒い。唇も墨のように黒い。

年老いたロバは、その場で足踏みしているかのような錯覚を引き起こさせるほどずいぶんとゆっくりと歩いてくる。

ヤマザトがロバの背から筵を下ろす。筵を広げると黒い塊が現れる。ヨミチ家族が隠れていた小屋の庭で焼かれていた黒い塊の一つだ。

「あぁっ、私の息子……」

ヨイシネは男か女かも区別できないほど焼けてしまった息子の顔を見下ろす。彼は昼食を食べている時に息子と嫁、孫が惨殺されたという知らせを受けた。

ヨイシネは気を失いそうになりながら、本当にヨミチかどうか息子の顔を注意深く調べる。

息子の顔は鼻と口が潰れてくっつき、濃い眉毛と髪の毛は一本も残らず焼け、顎の骨と奥歯がむき出しになっている。内臓と骨がまだ燃えていて、かすかな煙が頭頂部から陽炎のように立ち上っている。

ヨイシネは息子の顔に手を伸ばす。しかし、触れない。顔が崩れてしまうのではと恐れる。

ヨイシネは息子の瞳が焼けてしまったことに気づかず、瞳を探す。

「ヨミチ……、私の息子……」

台所の戸にしがみついて息子を待っていたヨミチの母親が、娘に支えられながら歩いてくる。

筵の上の黒い塊を見下ろして大きくよろめきながら首を振る。

「私の息子じゃない、私の息子じゃない……」女は首をよじって気絶する。

❖

木村はユミコの家の奥の部屋で茹でた鶏肉を食べている。彼は畑から帰ってきた農夫のような格好をして、腰には鎌まで差しユミコと一緒に城跡を降りてきた。

山羊の鳴き声が聞こえると、木村がユミコを睨んでぼやく。

「大切な婿が来たのに山羊の一匹でも潰すべきじゃないのか？」

ユミコの母親は道に出て、米軍が通らないかと胸をドキドキさせながら見張っている。彼女の服には鶏の濡れた羽がついている。彼女は稲妻のようにすばやく鶏を潰し、羽をむしり、鍋に入れて茹でた。

下の村の女が畑から帰る途中でユミコの母親を見かけ、近づいてくる。

「日本が戦争に負けたのを知っている？」

女の声が大きすぎてユミコの母親は驚く。

「ユミコは帰ってきたの？」

女の首が家の庭を指す。奥の部屋で鶏肉を食べている男を見つめていた女の目が大きくなる。

女は村に降りるとすぐに井戸に駆けつけ、そこに集まっている女たちに言う。

「木村がユミコの家の奥の部屋で偉そうに鶏肉を食べているわ！」

❖

大きないびきをかいていたイケダがパッと目を覚ます。筋肉だけの矢のようにすばやく体を起こす。

「息が詰まる」

イケダは血のついた銃剣を手に取り、土窟を出る。土窟の中は汗の臭いや酸っぱい飯粒の臭い、湿った土の臭い、新陳代謝が活発な少年たちが吐き出す二酸化炭素でいっぱいだ。

「赤ん坊まで殺すなんて」リスは自分の足首についているムカデを手で取り除く。孵化したばかりの赤みがかったムカデの子を彼は石で潰して殺す。

ムカデが盛んに孵化しているので、土窟の中はムカデだらけだ。

「赤ん坊の泣き声が聞こえる気がする」赤ん坊の母親が赤ん坊だけは助けてくれと懇願していた声が耳に残り、イタチは頭を激しく振る。

「俺たちは命令に従っただけだ。軍人は命令を破れない」リョタが言う。

「軍人?」ミナトがリョタを睨む。「俺たちが軍人か?」

「軍人も同然だ」リョタが言う。

リョタ、リス、タヌキ、イタチ、ミナト、彼らは自分たちが同じだと思っていた。同じ母親から生まれた五つ子のように同じだと思っていた。五人の少年はこの島で生まれ育った。同じ国民学校と中学校を卒業し、同じ年に青年学校に入った。リョタとリスは特攻隊になりたかったが、成績が良くなくて特攻隊を養成する航空学校に進学できなかった。特攻隊に入るには成績が優秀で、担任の推薦状が必要だ。

「赤ん坊を助けようと言えばよかったのか?」タヌキが言う。

「言えなかったくせに」リョタが嘲笑う。「イケダの前で口を開けないじゃないか。お前も、俺も」

「そうだな、言えなかった」タヌキが素直に認める。

青年学校ではタヌキは後輩たちが最も恐れる先輩だった。普段は子どものように純真無垢だが、怒ると目つきが変わり、無鉄砲なところがある。しかし、彼は「タチウオ野郎」のようなイケダが怖い。

兄たちの様子をうかがっていたゲンがリョタに尋ねる。

「兄さん、次は誰だろう?」

「俺は知りたくない」タヌキが言う。

「俺は知りたい」リスが言う。「もし知っている人だったら辛いけどな」

リスは本気だ。

「なんで?　お前の知っている人が米軍のスパイだからか?　それとも知っている人を自分の手で処刑しないとならないからか?」

リスはリョタが無理に喧嘩を売っていると感じた。心では一発おみまいしたいが、体があまりに重い。

リョタは先ほどから何も言わないイタチを見つめる。イタチが目でリョタに警告する。

〈お願いだからその話はやめてくれ！〉

イタチはリョタさえ口を閉じていれば誰も知らないと思っている。そこにいたゲンでさえ知らないと思っている。自分たちの中で誰が最初に赤ん坊の体をナイフで裂いたかだ。

要領の良いリョタはイタチの目に込められた警告を察知する。

「次が誰かは木村総隊長だけが知っているだろう」タヌキが言う。「スパイ名簿に二十人以上の名前が書かれているって」

「誰が言った？」

「小便をしに行った時にイケダと兵隊たちが話しているのを聞いた」

イタチは場所を決めて横になる。頭を地面につけるとすぐに眠りに落ちる。リョタも眠る。イケダは戻らない。リスも眠る。皆がいびきをかいて土窟が揺れるようだ。誰よりもよく眠るタヌキはしかし眠れない。

タヌキは考えるのが面倒くさいが、イケダを恐れる理由を考えて眠れない。イケダ、あいつの前では自分が卑屈に感じるほど気が小さくなり、おとなしくなる。

〈俺がイケダを恐れるのは、あいつが本土人で本物の軍人で、赤ん坊を殺せと命令できる人間

だからだ〉
ついにタヌキも眠りに落ち、土窟は子宮になる。リョタ、タヌキ、イタチ、リス、ミナト、ゲン……、少年たちは絡み合い、寝言を言い、いびきをかき、手足を動かしながら胎児の姿に退化する。
退化しながら似ていく彼らは、木村やイケダよりも恐ろしい存在がすぐ近くにいることにまだ気づいていない。それはまさに自分たち自身だ。
卵から孵化したばかりのムカデの幼虫たちが一斉に這い出してくる。ムカデの幼虫たちはますます胎児に近づき、双子のように似ていく少年たちの足の甲や手の甲、顔を這い上がる。

❖

ヨミチの死は、遠くの戦場で戦死した二人の息子の死よりもはるかに致命的な衝撃と苦痛をヨイシネに与えた。彼は息子が自分の目の前で引き裂かれ、焼かれるのをただ見ているしかなかったかのような申し訳なさと罪悪感で、自分の頭を石で叩きたいほど苦しい。彼は目が見えなくなり、自分の家の庭に咲く赤いカンナの花を見ることができない。耳が聞こえなくなり、ツバメの鳴き声を聞くことができない。

ヨイシネは地面に沈み込むような体を起こす。

「行こう」

ヨイシネはかろうじて言葉を発し、島の南へ足を向ける。年老いたロバとヤマザトが彼の後ろを黙ってついていく。母親を抱きしめて泣いていた娘が後を追い、父親の手に杖を持たせる。嫁と孫の遺体はまだ森の小屋の庭に放置されている。〈生きているだろう〉どんなに九人を一度に殺した人間狩りたちでも、赤ん坊だけは殺せなかっただろうとヨイシネは思う。彼は孫が死んだ母親の乳房にしがみついて泣き叫ぶ声が聞こえてくるようで、苦しくてたまらない。

「俺の孫……」

今にも前に倒れそうなヨイシネの歩みが突然速くなる。

〈生きていてくれ、俺の孫、生きていてくれ……〉

❖

〈柔らかくてぷにぷにした水滴のような赤ん坊の体をどうやってナイフで裂いたのか……。トクントクンと心臓が動く赤ん坊の胸にどうやってナイフを刺したのか……。トクントクン……。心臓の音がこんなに大きくて、こんなに生き生きとしているのに……〉

乳を飲んで眠りにつこうとしている赤ん坊を抱いて寝かしつけながら、フミは心の中で歌を歌う。彼女は人間狩りがヨミチの乳飲み子までナイフで裂いて殺し、火に焼いたという噂を聞いた。彼女は牛牧場で住民九名が処刑されたときよりも激しくショックを受けた。

〈赤ん坊の体は水滴、赤ん坊の体は綿花、赤ん坊の体は、ああ、赤ん坊の体は……〉

家には彼女と赤ん坊、夫だけがいる。家の前の溝からフミオとキコの声がかすかに聞こえてくる。朝鮮人古物商は今日、海辺に米軍が落とした食糧を拾いに行かなかった。彼も噂を聞いたのだ。

「人間狩りが赤ん坊を殺したのは、その子がヨミチさんの息子だったからだよ」

フミは何も言わない夫を見つめる。彼は今日も縁側に客のようにぽつんと座っている。痩せ細った夫は一段と老いてみすぼらしく見える。

彼女は夫がかわいそうに思いながらも、憤りの気持ちが湧いてくる。夫が沖縄人ではなく朝鮮人であることが腹立たしい。以前にも似たような感情を覚えたことがあるが、風のように一瞬で過ぎ去った。彼女はそれにまして夫が朝鮮人であることが怖くさえある。

〈私の夫だ、私の夫……〉

自分をなだめようとするフミに歌声が聞こえる。まだ声変わりをしていない、露のように澄んだ声を持つ少年が飾り気なく純粋に歌う歌声にフミの顔が少し和らぐ。焦点が少し外れた彼女の瞳が歌声が聞こえる方向を探すように遠くを見つめる。

「私たちのヒデオが歌っているわ。あなた、私たちのヒデオが歌っているわ。ヒデオの実の父親は、私が彼の子を妊娠していることを知ってから、私を虫けらのように扱ったわ。私はひどく無視され、惨めに裏切られたの。完全に捨てられて初めて、本土のあの男が私を単なる遊び相手としてしか見ていなかったことに気付いたの。彼に本土に家族がいることも、ヒデオを妊娠してから知ったの。私は貞淑じゃない女だと指をさされるのを分かっていたけど、ヒデオを産むことに決めたの。私の体に宿った赤ん坊を堕ろしたくなかったの」

ヒデオが歌う歌声が途切れそうで途切れずに繰り返される。その歌声に合わせてフミの話も続く。

「私はおばあちゃん、母さん、叔母さん、伯母さん、私の故郷の村の女たちが赤ん坊を産んで、産んで……、産むのを見て育ったの。だから女が大人になると自然に赤ん坊ができるものだと思っていたわ。彼女たちは自分の体に赤ん坊が宿ると、何も言わずに受け入れて産んだの。ヒデオを妊娠してから七か月くらい経った時、私は母さんを訪ねたの。未婚の身でお腹が大きくなって故郷に現れた私は、母さんの心配事であり恥になった。私の兄弟や妹たちの恥になったの。母さんは私を厳しく叱りながらも受け入れてくれたわ。裕福でない生活の中で布を取っておむつを作り、生まれてくる赤ん坊の服を作ってくれた。母さんは私を恥じながらも可哀想に思ってくれたわ。私の体で育っている赤ん坊を呪いながらも、いざ赤ん坊が生まれそうになると無事に世に出てくるように一晩中世話してくれた。夜が明けて赤ん坊が生まれると、本当に喜んでくれたわ……。疲れ果てた母さんが倒れるように眠り、私はヒデオを抱きしめて指を数えながら考えたわ。もしかしたら指が足りなく生まれてないかとヒデオの指を数えながら考えた。私はヒデオの実の父親を愛していたのだろうか？　私はあの男を愛していたのではなく、『本土人』の男を愛していたのではないか？　あの男が沖縄人でも私はあの男を愛していただろうか？」

フミは歌声に耳を傾け、再び話を続ける。

「ヒデオを妊娠したせいでやりたかった勉強ができなかったけど、私はヒデオを産んだことを後悔していない。ヒデオが生まれたからミユが生まれたんだよ。フミオ、キコ、そして私たちの赤ん坊が生まれたの。ヒデオは一人で生まれたんじゃない。ヒデオは弟妹たちを連れて生まれてきた」

歌声がだんだんと遠ざかり、聞こえなくなる。針目を乱暴に縫うような虫の音が消えた歌声に取って代わる。

朝鮮人古物商は、ふとヒデオが歌声とともにこの島から永遠に姿を消したような気がして、肩を震わせる。

「ここ数日、あの男が亡霊のように夢に出てくるの。ヒデオの実の父親よ。あの男に会っている間、私は沖縄の女である自分が嫌だったわ。私は日本の女になりたかった。日本の女のように着飾り、日本語で話し、日本の女のように笑って泣いて、日本の女のように首をかしげて表情を作ろうと努力したわ。でも、どんなに日本の女のように装っても、沖縄の女であることを隠せない私の顔、私の肌の色、私の体……。日本の女のように装えば装うほど、私は自分が沖縄の女であることをもっと絶望的に思い知らされなければならなかった。日本の男に純情を捧げてから、故郷に帰ると、どうしても母の顔をまともに見ることができなかった。私が沖縄の女に生まれたのは母のせいだと思って、母の顔を見たくないこともあった。私の母の母、その母の母、その母の母……。母を見ていると地中深く伸びている自分の力では到底抜けない根を見ているような気分になった。親戚たちは私が正しい結婚ができないがために朝鮮人の男と一緒に住んでいると噂したけど、私があなたと一緒に住んでいるのはあなたを心から好きで信じているからです。あなたはヒデオの実の父親が踏みつぶした私の心を癒してくれた。私の心は足で踏みつけられた缶のように潰れてた。あなた、私はあなたの妻であることを恥じていませんし」

フミは長いため息をついてから再び話し始める。

「でも、疲れる時があります。あなたが朝鮮人だからつきまとう悪意のある噂、中傷、後ろ指、嫌がらせ、スパイだっていう疑い……。息が詰まるほど怖い時があります……」

❖

マサルの母親は竹の籠を持ってカラス山をさまよう。籠の中には山のどこかに隠れているであろう息子に渡す握り飯と服が入っている。

彼女は息子の名前を呼ぶことができない。兵隊たちがどこから現れるか分からないからだ。彼女はそれでヒバリの鳴き声を真似する。

「チュチュチュ、チュチュチュ……」

彼女は息子が自分の声を聞き分けるだろうと思っている。

〈まさか兵隊たちに捕まったんじゃないだろうね？〉

彼女は息子を山に送り出してから毎晩、息子が兵隊に追われる夢を見る。夢の中で息子は幼い。夢の中で兵隊たちは顔がない。

彼女は「チュチュチュ」と鳴きながら、昨夜息子が隠れていた穴の前を通り過ぎる。

❖

夕方、隣の女が茄子一個を持ってタミを訪ねてくる。隣の女は誰かに聞かれるのを恐れ、とっても小さな声で話す。

「噂を聞いた?」

タミは黙って隣の女を見つめるだけだ。

「人間狩りが一歳の赤ん坊を銃剣でズタズタに引き裂いて殺し、焼いたんだって」

隣の女の舌がタミには蛇のように見える。

「ところでゲンはどこにいるの?」

自分の口の中に蛇がいることに気づかず、隣の女は口を開けたり閉じたりする。

深夜、タミは部屋に差し込む月明かりの中に横たわっている。島の東から昇った月は島を半周して西の端の村タミの家の庭の上に浮かんでいる。彼女は人間狩りが殺したという赤ん坊のことを考えて、蚊がふくらはぎや腕を刺すのも気づかない。かゆいことも感じない。彼女は月を見上げながら横たわり、死んだ赤ん坊を抱きしめる想像をする。〈赤ちゃん、赤ちゃん……〉
彼女は赤ん坊が自分の腕に抱かれているように感じる。〈赤ちゃん、赤ちゃん……〉彼女は赤ん坊の体に付いた灰を払う想像をする。暗闇は赤ん坊の顔や体から払った灰だ。

〈赤ちゃん、赤ちゃん……〉

彼女は赤ん坊の肌を自分の小さくて粗い手で撫でる想像をする。裂かれてぼろぼろになっている肌が本当に感じられるようだ。

〈赤ん坊を生き返らせることができたら……〉

タミは幼い頃、彼女の母親が死にかけている赤ん坊を何日も抱いて生き返らせるのを見たことがある。

タミは死んだ赤ん坊を自分のところに連れてきてほしいと言いたい。連れてきさえしてくれれば、自分が死んだ赤ん坊を生き返らせられる気がする。

〈死んだ赤ん坊はどこにいるのだろう?〉

タミはゲンのことを考える。すると腕に大人しく抱かれていた赤ん坊が消えてしまう。

彼女は体を起こす。庭に出て、月を見上げて手を合わせて祈り始める。

〈許してください。可哀想な私の息子ゲンを許してください。罰を与えるなら私に与えてください。私が代わりに罰を受けます〉

夜が明け、隣村の井戸を訪ねる途中、タミはヤマザトに出会う。未亡人と独り者の男は互いに哀れむような目で見つめ合う。

「タミ、あんたの息子はどこにいるの?」

「あたしの息子?」

「あんたの息子ゲンだ。あいつは今どこにいるの?」

「ここにいる」

タミは指で自分の心臓のある場所を指す。「ここ、ここにいる。どこにも行かず、ここにいる」

第十章

❖

「明日の順風を今日送ってください。順風に乗って今日はママリ港、明日は那覇港、明後日は首里……」

ある男が鼻声で歌を口ずさみながらふらふらふらと歩いてくる。肩に掛けた竹の籠がリズムを合わせるように男の尻をトントンと叩く。

竹の籠から何かがバネのように飛び出す。鶏の頭だ。血のように赤いとさかを王冠のように載せた鶏の頭が左右に揺れる。

米軍が玉音放送を流した日に行方不明になったサトだ。

朝鮮人古物商は血が足元から逆流してくるのを感じる。

「誰かと思えば、朝鮮人古物商じゃないか」

サトは顔の半分がもみあげで覆われ、目が鷹のくちばしのように鋭くなり、印象がさらに悪くなっている。

「スパイ、待っていろ。人間狩りが殺しに来るまで山羊のようにおとなしく待っていろ」

❖

豚の屠畜場の前庭。屠畜する豚たちが屠畜場に作られた囲いに集められている。屠畜場に作られた豚の飼育場で子豚たちがうるさく鳴いている。豚の囲いから流れ出た汚物が庭のあちこちに水たまりを作っている。水たまりごとにハエがたかっている。

キンジョと屠畜業者が互いに見つめ合って立っている。

「俺は絶対にスパイじゃない」キンジョの声はかすれている。

「誰がお前をスパイだと言ったんだ?」屠畜業者が顔をしかめる。

「俺が木村総隊長のスパイ名簿に載っていると言われたんだ」

「初耳だな」

「お前が知らないわけがないだろう」

「俺が木村総隊長だとでも言うのか?」

その時、作業員の一人が「サトじゃないか?」と言うのが二人の耳に入る。

屠畜する豚たちを見ていた作業員が大声で言う。

「サト、生きていたのか?」

「俺が死んだっていう噂でもあったのか?」

「姿が見えなかったから海に落ちて死んだと思ったよ。そういえば、タマキが君を探していたぞ！」

「そうか？　俺に会いたいのか？」

サトはわざとアヒルのようにふらふらと歩きながら家の方へ向かう。


キンジョは屠畜業者の前に頑として立っている。

屠畜業者が背を向けようとすると、キンジョが言う。

「俺が指でも切って見せればスパイでないと信じてくれるか？」

キンジョが背を向けて屠畜場の中に歩いていく。

屠畜業者はキンジョの突然の行動に呆れる。

しばらくして屠畜場からキンジョの悲鳴が聞こえる。その声を聞いた作業員たちの頭が一斉に屠畜場の方を向く。屠畜する豚を屠畜場に追い込んでいた作業員も驚いて思わず起立する。豚がその隙に逃げ出す。

青ざめた顔で屠畜場から出てくるキンジョの右手には手斧が、左手には血まみれの物が握られている。二つ以上の関節が切断された指だ。

切断された指の関節から血がポタポタと落ちる。

「お前、何をしたんだ？」

キンジョの手から手斧が落ちる。

「俺がスパイじゃないと信じてくれるか？」

キンジョは切断された指を屠畜業者の足元に落とす。

「お前、狂ったのか！」

「俺がスパイじゃないと証明できるなら、残りの指も切るぞ！　残りの九本の指全部切るぞ！」

❖

フクロウの森で用を足して出てきたゲンはヤマザトと年老いたロバに出会う。

「ゲン？」

ゲンはすぐに目を伏せて頭を傾けて見せる。

「おじさん、元気でしたか？」

「久しぶりだな！」

ゲンはヤマザトをまともに見つめることができない。

ヤマザトは自分の前に立っているゲンが人間狩りだというのが信じられない。

「ここで何をしているんだい？」

「兄さんを待っています」

「どの兄さんだ？」

「本当の兄さんのような兄さんがいます」

「母さんがお前を探していたぞ」

「母さんはいつも俺を探しているんです。母さんは俺がまだおしっこもできない子どもだと思っているんです。『ゲン、どこにいるの？　ゲン？　ゲン？』と、もううんざりするほどです」

ゲンは自分を待っている母親のことを思い出すと、苛立ちがこみ上げるほど心が落ち着かず、皮肉を言う。

「おじさんはどこへ行ってきたんですか?」

「ヨイシネさんの家からの帰り道だ」

ゲンはしかしヤマザトの話を聞き流している。

「あの方の三男がひどい死に方をしたんだ」

「そうですか」

ゲンはいい加減に答える。〈ヨイシネ?〉彼は島にありふれているヨイシネが誰なのか知りたくもない。

「彼の妻も、赤ん坊もとてもひどい死に方をしたんだ」

ゲンはまたいい加減に頷いて見せる。

彼はヤマザトが自分を放っておいて去ってくれればいいと思っている。

しかし、ヤマザトは去らずにゲンにまた尋ねる。

「兄さんはいつ来るんだ?」

「すぐに来ます」

そう答えたが、ゲンはリョタ兄さんがいつ来るのか分からない。

「どこから来るんだ?」

「え？」

「君が待っている兄さんのことだ」

「それが……」ゲンは言葉を濁す。

「ゲン？」

ゲンはリョタ兄さんがどこから来るのか分からない。だから答えられないのだ。

リョタ兄さんはどこからともなく現れる。初めてその兄さんが自分に話しかけてきた日もそうだった。その兄さんはどこからともなく現れて、堤防にいた自分を城跡に連れて行った。

「おじさん、もう行きます！」

逃げるように遠ざかるゲンを見つめながらヤマザトは首を振る。

〈自分が誰を殺したのかも知らないんだ……〉

❖

木村が杖をついて銅像のように立っていた場所にアメリカの国旗がはためいている。

島には城跡から姿を消した木村総隊長についての噂が絶えない。彼が昨夜米軍に捕らえられたという噂もあれば、城跡で天皇陛下万歳を叫びながら名誉の切腹をしたという噂もある。豚の屠畜場に隠れているという噂もあれば、愛人の家で偉そうに鶏肉を食べているという噂もある。その噂を聞いたサトは言う。「一昨日も愛人の家で鶏肉を食べていたが、今日も愛人の家で鶏肉を食べているんだな。明日も愛人の家で鶏肉を食べるつもりだろうか」

木村は大畑村を見下ろす岩の上に銅像のように立っている。彼は自分が踏みつけている岩が島の女たちが祈りを捧げるために訪れる御嶽だとは知らない。

〈何を見ているのだろう?〉ユミコは木村が何も見ていないことを知っている。何も見えないのではなく、彼が何も見ることができない人間だからだ。彼にはこの島の家々や田畑、井戸、木々や岩、牧場の牛たち、そして人々が見えない。

ユミコは吐き気をこらえながら再び土窟に戻る。前日、彼女は木村に従い、島の少年たちがカラス山の中腹に掘った土窟に避難した。小屋は焼け落ちた。米軍が機関銃を撃ちながら城跡に進軍すると、木村は部下に命じて小屋を焼かせた。

土窟の下の渓谷では軍人たちと人間狩りたちが顔を洗ったりタバコを吸ったりしている。人間狩りたちを軽蔑の目で見つめていた兵隊が、ポケットナイフで水をかき混ぜながら尋ねる。兵隊は日本陸軍の軍服を着ている。

「お前たち、赤ん坊まで殺したんだって?」

イタチが顔についた水滴を手でぬぐいながら兵隊を睨む。リスも兵隊を睨みながら立ち上がる。リスはイタチの背中を手で軽く叩く。リスはイタチを連れてその場を離れる。

じゃぶじゃぶ音を立てて顔を洗っていたリョタも陸軍兵を睨みながら立ち上がる。「ふん! 臆病な脱走兵のくせに!」

陸軍兵はひび割れた唇を噛む。

たまたま一人残されたゲンに陸軍兵が尋ねる。

「本当に赤ん坊まで殺したのか?」

「もちろんです!」ゲンは本土出身の兵士が自分に話しかけてくれたのが嬉しくてにっこり笑う。彼は砥石で銃剣の刃を研いでいる。

「すごいな!」

陸軍兵の皮肉をゲンは称賛と受け取り、得意になる。

「赤ちゃんの母親が赤ちゃんだけは助けてくれと頼んだけど……。まあ、仕方なく殺しました。イケダ部隊長が赤ん坊も殺せと命令したんです」

ゲンは銃剣を空中に向けて振ってみせる。得意になって土窟の方に向かう彼を見つめながら、陸軍兵が呟く。

「愚かなガキだな！」

陸軍兵は腹を立ててポケットナイフを小川に投げ込む。

「赤ん坊まで殺すなんて」

「おい、お前の赤ん坊じゃないだろう」向かいでタバコを吸っていた兵隊が皮肉っぽく言う。人間狩りと共にスパイを処刑した兵隊の一人だ。

「自分の赤ん坊でなければ殺してもいいのか？」

「戦争中に何をしてもおかしくないだろう？」別の兵隊が言う。

「戦争？　お前に戦争の何が分かるんだ？」

「ふん、一人だけ生き残ろうと逃げ出したくせに偉そうに！」

タバコを吸っていた兵隊の言葉に他の兵隊たちが笑う。沖縄出身の兵隊は笑わない。彼は自分もスパイだと疑われている不安に苛まれている。

陸軍兵は木村総隊長が戦争の顔も見たことがないのに、戦争を勝利に導いている英雄のように振る舞う姿に我慢できないほど嫌悪している。

渓谷にはもう陸軍兵と沖縄出身の兵隊だけが残っている。

「戦争って何だ？」沖縄出身の兵隊が真剣に尋ねる。

「お互いに殺し合うことだ」陸軍兵が答える。

「そんなことは俺にも言える」

「敵軍に見つからないよう母親が泣いている赤ん坊の口と鼻を自分の手で塞いで窒息させることと……、それが戦争だ。生き残った家族のためにね。もう銃を持てないほど重傷を負った兵士には青酸カリを飲ませて殺すのが戦争だ」

沖縄出身の兵隊が信じられないというように目の焦点をぼかしながら首を振る。

「でも、お前は沖縄人だろう？」

「俺？」

「お前以外に誰がいる？」陸軍兵が皮肉る。

沖縄出身の兵隊が目の焦点をはっきりさせて言う。「俺は誰が何と言おうと日本国民であり日本軍人だ」

❖

木村が杖をつき、木の枝を銃剣で切りながら独り言をつぶやいているゲンに尋ねる。

「貴様、名前は何だ?」

「オシロ・ゲンです」

「オシロ君、日本が戦争で勝利したら特別に褒美を与えるぞ」


その夜、兵士の一人が土窟から出てカラス山を下りていく。昼間、渓谷でゲンに本当に赤ん坊を殺したのかと尋ねた陸軍兵だ。彼は足音を立てないようにそろりそろりと歩を進める。真っ暗な闇に目が慣れ木々が見えてくると、振り返ることなく走り出す。

カラス山を一気に駆け下りた兵士は夜が明けても戻らない。正午ごろ、木村は自分が慈悲を施して迎えた陸軍兵が自ら南の海岸の米軍駐屯地に向かい、捕虜になったという報告を受ける。

❖

ヤマザトは井戸で年老いたロバに水を飲ませている。

小畑村の方から走ってきた米軍のジープが井戸の前で止まる。米軍が降りてきてロバに話しかけながら笑い、騒いでいる。

「木村！」

ヤマザトはカラス山を手で指し示す。

「木村、木村！」

「キムラ？」眼が青い米軍が真剣な表情でヤマザトを見つめる。

「木村の人間狩りがヨミチを殺したのを知っているか？　その妻も殺したのを知っているか？　その赤ん坊も殺したのを知っているか？」

ヤマザトの言葉が全く理解できない米軍が首をかしげる。

「お前たち、ヨミチが誰なのか知っているか？」

❖

島に再び夜が訪れる。

牛牧場の焼け落ちた小屋の庭には、まだ回収されていない骸骨や骨、手首や足首を縛っていた鉄線が散らばっている。風が骸骨を楽器のように弄んでいる。骸骨には穴がたくさん開いているので、様々な音を出すことができる楽器だ。

眠れずに起きているキンジョは牛牧場の方から聞こえてくる不気味な音を聞く。それが骸骨が出す音だとは全く知らず、幽霊が出す音だと思っている。ウチマの霊、イリの霊、警防団長の霊、区長の霊……。彼は霊が出す音は怖くない。本当に怖いのは生きている人間が出す足音だ。人間狩りの足音。彼は自分の家の前を通るすべての足音が人間狩りの足音に聞こえる。

❖

〈ミナト！　ミナト！〉

泡盛を飲んでやっと眠りについたミナトは悲鳴を上げて目を覚ます。髪が冷や汗でびっしょり濡れ、彼の顔や首に張り付いている。まだ深夜だ。頭を豆腐のように潰してしまいたくなるほどひどい不眠に悩まされているミナトは、眠ろうと必死になりながらも眠るのが怖い。やっとのことで眠りにつくと、区長の声が聞こえてくる。

ミナトは自分の名前を呼ぶ区長の声から永遠に逃れられないことを悟り、泣き始める。

ミナトの隣でひどく寝言を言いながら寝ていたゲンが目を覚ます。

「兄さん、泣いてるの？　泣かないで……、泣かないで……」

ゲンは寝ぼけながら呟き、再び眠りにつく。

ミナトは体を起こす。くぼんで充血した目で、絡み合って寝ている人間狩りたちを見下ろす。タヌキ、リス、イタチ、リョタ、ゲン。彼は彼らが自分の頭や手足を掴んで深く暗い水の中に引きずり込む水鬼のようだと思う。

ミナトは自分の銃剣を手に取り、土窟を出る。

夢遊病者のように脈略ない言葉を呟きながら山をさまよっていたミナトは、皓々《こうこう》と照る月光を浴びて立つモミの木を見てその前に歩いていく。自分の背丈の三倍もあるモミの木を見上げる。土窟を出るときに持っていた銃剣はどこかに落としてなくなっている。

❖

ヨイシネは一日中家の前に出てしゃがんでいる。全身を覆う黒い着物を羽織っているので、カラスが飛び立たずにかたくなに座っているように見える。

隣人が通りかかって挨拶をするが、ヨイシネは石のように何の反応もない。耳が完全に聞こえず、目が完全に見えないからだ。

ヨイシネは限りなく軽い何かが自分の近くを飛び回っているのを感じる。彼はそれを孫の魂だと思う。

〈俺のせいだ。戦場で息子を二人も失い、息子をまた戦場に送り出すなんて……。息子を戦場に送った俺のせいだ……。どこか不具にしてでも家に残しておくべきだった。足を不具にしてでも引き止めるべきだった。焼き鏝《ごて》で顔を焼いてでも連れているべきだった……。俺のせいだ……〉

その日の遅い午後、隣村に住むヨイシネの娘が竹の籠を持って実家を訪ねてくる。器用な手で編んだ竹の籠には畑で取れたメロンが二つと青いアジサイが二輪入っている。夕陽に照らされながら小走りに家に向かっていた彼女は、家の前に包みのようなものが落ちているのを見つける。

「お父さん？」

ヨイシネはしゃがんだまま横に倒れ、空を見つめたまま目を開けて死んでいる。

❖

縁側に出て座っていたサンガキは庭から聞こえる足音を聞く。

「おじさん、いらっしゃいますか？」

「サトか？」

「はい、僕です」

しかし、庭に降りた闇が濃くてサトの姿が見えない。月は雲に隠れている。

サンガキは灯りをつけて庭を照らす。猫背のように背を丸めているサトの姿がようやく浮かび上がる。

「夜にどうした？」

「僕が来てはいけないような言い方をするんですね？」サトが笑いながら紙に包んだ豚の脂身の塊をサンガキの前に置く。酔いのせいでサトの瞳が寄り目のように揺れる。

サトの顔から笑みが消える。

「おじさん、口に気をつけてください。おじさんが木村総隊長の悪口を堂々と言いふらしているという噂が村中に広がっています。どうか木村総隊長の話は一言も口にしないでください。木村総隊長の耳は百個あります。すべて聞こえているんです」

「奴がこの島を人間が人間として生きられない島にしたんだ」

「木村総隊長が百人殺そうが、千人殺そうがおじさんは口を閉じて見ているだけにしてください」

サンガキは叔父として甥のサトに与えられる情は与えようと努力してきた年月を思い返す。サトが生まれたとき、彼は自分の子どもが生まれたかのように喜んだ。初めての甥であり、姉たちの中で最も親しみを感じていた長姉が産んだ子どもだった。

サンガキはサトが表向きは愚かに見えるが、実際には非常にずる賢いことを見抜いている。

「おじさんが僕をどう思っていようと、僕はおじさんが好きです。なぜか分かりますか？　僕がおじさんに似ているからです」サトはにやりと笑って言葉を続ける。「おじさんに似ていることに僕も最近気づいたんですよ。『サト、お前は誰に似ているんだ？』っておじさんが僕に尋ねた日にね。僕も自分が誰に似ているのか気になったんです。『俺は誰に似ているんだ？俺サトは誰に似ているんだ？』僕が一人でぶつぶつ言っているのを聞いていた僕の守り神のような妻が言いました。『誰に似ているって？　サンガキおじさんにそっくりじゃない！』」

サトが手を伸ばして灯りを持ち、自分の顔を照らす。

サンガキは揺れる灯りの中に浮かぶ醜く卑しいサトの顔を見つめる。

目の下のただれた肉が痙攣するほどサンガキの目に力が入る。一瞬、彼は激しく波打つ心の動揺に耐えきれず、手で胸を押さえる。うめき声を漏らしながら首を振る。

サトが笑いながら灯りを置く。灯りの中に浮かんでいた彼の顔が闇に沈む。

「おじさんの家に来る途中、海を見たら城壁のような霧が僕たちの島に押し寄せていましたよ」

❖

姑と子どもたちが眠り、泣いていた末っ子も眠り、ヤスコは一人起きて縫い物をする。牛のように黙々と勤勉だった夫と一緒にしていた農作業を一人でこなすため、昼間は針を持つ暇がない。

錆びて先が鈍くなった針で針目を縫い入れていたヤスコは、針を持つ手を震わせながら呟く。

〈この小さな針で刺しても痛いだろうか?〉

彼女の手と針がブルブル震える。

〈刺せば血が出るだろうか?〉

彼女は夫をスパイとして殺した木村を針で刺したい。

〈私の前に現れてみろ、この針でお前の目玉を刺してやる〉

ヤスコは木村総隊長が自分の前にいると想像して、空中を針で突く。また突く。彼女はすすり泣きながら空中を針で突き続ける。

❖

サンガキは眠れない。彼は魂が引き裂かれるような衝撃を受けた。彼はサトの顔に自分の顔を見た。灯りの中に仮面のように浮かんでいた顔……。身の毛がよだつほど恐ろしい顔は誰の顔でもなく、まさにサンガキ自身の顔だった。

〈サトが自分に似ていることに今まで気づかなかったなんて……。人間は本当に愚かだ〉

サンガキは眠ろうと目を閉じる。彼は島が海の中深く太古から根を下ろしていた根を失い、漂流していることを全身で感じる。広大な海で難破したいかだのような運命の島には、島の住民だけでなく木村隊や米軍も一緒に乗っている。

サンガキは再び目を開ける。脱いで枕元に置いていた服を身に着け、いつものように裸足で家を出る。その間に島を覆った霧をかき分け、城跡の方へ足を進める。

四、五歩先の木も見えないほど霧が濃いが、サンガキは城跡へ続く道から外れずせっせと歩を進める。

木綿のような霧の中に佇む城跡は、墓の中のように静かだ。サンガキは霧の中に立つ黒ずんだ不吉な形を見つける。焼け落ちた小屋だ。屋根がすべて焼けて骨組みだけが残った小屋は、霧のせいで人や獣が立っているように見える。焼けた山羊の頭のようにも見える。それがサンガキには木村に見える。

〈赤ん坊を殺すなんて！〉

〈俺は赤ん坊を殺したのを俺は知っている〉

〈お前が赤ん坊を殺したのを俺は知っていない〉

〈老人よ、俺の手を見てみろ。血の一滴もついていないだろう？　俺が赤ん坊を殺したなら血がついているはずだ。しかし俺の手は母親が洗ったばかりの赤ん坊の手のようにきれいだ。俺は赤ん坊の足の指一本も折っていない〉

〈お前から腐った血の匂いがする〉

〈老人が長生きしすぎてボケてしまったんだろう。この島の人間たちは獣よりもましなところがないのに、無駄に長生きする。鶏や豚のように生きていたお前たちに、我々日本人が人間らしく生きることを教えてやったのだ〉

〈お前の顔を見ろ。お前が殺した人たちの血が顔に付いている〉

〈老人、赤ん坊を殺したのはお前たちの子どもたちだ〉

〈うちの子どもたちに誰が銃剣を持たせたのだ？〉

〈お前たちの子どもたちは日本軍の銃剣を持って誇りに思っていた〉

〈お前たちにとってこの島は何だ？　この島に愛情はあるのか？〉

〈無限の愛情を持っている。この島は日本のものだからな。さらに、木村隊の要塞でもある〉

〈我々はお前たちに米を与えた。豚、牛、山羊、タバコ……、お前たちに子どもたちも与えた。

しかしお前たちは我々に何を与えたのか？〉

〈敵軍からお前たちを守った〉

〈誰の敵軍だ？〉

〈日本の敵軍はお前たち沖縄の敵軍でもある。お前たちは我々と同じ運命だからだ〉

〈お前たちにとってこの島の人々は何だ？〉

〈日本人へと新たに生まれ変わるべき沖縄人だ〉

〈我々は日本人になりたいと言ったことはない〉

〈死んでも日本人になれない愚かな一族だとお前たちも知っているからな。そうだろう？〉

〈お前は我々が決して日本人になれないと言いながら、日本人になれと言い張るのか〉

〈老人、それがこの島の人々の運命だ〉

〈戦争が終わったと言っていたが……〉

〈私が総隊長であるこの島では終わっていない。総隊長である私が死ぬまでは誰もこの戦争を終わらせることはできない〉

〈戦争の勝利のために死ぬことができるのか？〉

〈私は絶対に死なない〉

❖

〈赤ちゃん、赤ちゃん……〉

西の端の村のある家から赤ん坊をあやす声が聞こえてくる。赤ん坊の泣き声は聞こえない。

〈赤ちゃん、赤ちゃん……〉

人間狩りを産んだ未亡人タミの家から聞こえてくる声だ。タミは一晩中死んだ赤ん坊を抱きしめて横たわり、赤ん坊の裂かれ、焼かれ、縮んだ肌を撫でていた。

「私の息子が殺したんじゃない」

タミの顔の皺がひび割れるように浮かび上がる。彼女のしなびた顔は今にも砕け散りそうだ。

「私の息子の体に入った軍人の魂が赤ん坊を殺したんだ。蛇よりも邪悪な軍人の魂が赤ん坊を殺したんだ」

タミの体が震え始める。彼女の体は骨がぶつかる音がするほど激しく震える。

彼女は息をするのさえ苦しい体を起こそうとありったけの力を使う。

「私の息子の体から軍人の魂を追い出さなければ」

❖

ユミコは自分の体をまさぐる手を感じて目を覚ます。木村の手だ。彼女は焼き鏝のように熱くて粗い手が自分の体を触るがままにする。

「赤ん坊は助けてあげればよかったのに」

「赤ん坊？」

「赤ん坊まで処刑したって……」ユミコは震えて言葉を続けられない。

「それがどうした？」

「良心が痛まないのですか？」

「良心？　私は良心にやましいことはない。悪いことをしていないからだ。私は日本軍としてやるべきことをしただけだ。独断で命令したわけではない。私は一人も自分の意思で殺していない。お前たち住民がスパイだと密告した者たちを処刑するように命令しただけだ。総隊長として無限の責任感を持ってな」

「うまくいけば来年の五月に生まれるでしょうね……」

「五月か……」木村はうめき声を上げる。

「赤ちゃんよ……、稲が黄色く実る頃に……」

「……赤ちゃん？」

「桜が満開の時に生まれたらいいのに……。この島はその時が一番美しい……。山々や野原に桜が咲き乱れて、この世のものとは思えない……。五月は暑い。梅雨が早く来れば赤ちゃんもお母さんも大変だ……」

彼女は自分の体をしつこく触っていた木村の指から力が抜けていくのを感じる。

「女の子みたい。女の子の夢を見たから。男の人は息子がいても息子を望むって言うけど……。故郷に息子がいるって言ってたでしょ?」

いびきとともに木村の手が彼女の体から滑り落ちる。

「赤ちゃんができるなんて思ってもみなかった。私は赤ちゃんを産んだことがないから……。赤ちゃんが生まれるのだろうか? 私の赤ちゃん……そしてあなたの赤ちゃん……」

❖

屠畜場の作業員たちと泡盛を飲んでいたサトがタマキを見かけ、肩を大きく反らして立ち上がる。こっそり近づいてタマキの背中にヒルのようにくっつく。

「タマキ、今夜か明日の夜、兵隊たちが人間狩りを連れて俺たちの村にやってくる」

タマキは耳を噛まれたように驚く。

「朝鮮人古物商を処刑しに。今夜か明日の夜」

タマキが振り返る。酔いが回って目が真っ赤なサトを見つめる。タマキの濃い眉の下の瞳が震える。

「誰にも言うなよ。お前の妻にもだ。お前にだけ教えているのだから、口を閉じてお前だけ知っておけ」

「なぜ俺に教えるんだ？」

「なぜって？　俺たちは無二の親友だからさ」

サトは興奮してその場でぴょんぴょん跳ねる。

家に帰り、鎌を砥石で研いでいたタマキはがばっと立ち上がる。手で鎌をしっかり握り、頭を振る。彼は鎌を放り出して台所に入る。妻が汲んできた井戸水をひしゃくで飲み干す。顎や首に水が流れ落ちる。

明け方の二、三時ごろ。鶏の鳴き声にタマキが両腕を振り回しながら目を覚ます。耳を澄ませて聞こえてくる音に神経を集中させる。ほとんど風が吹かず、湿度が高く静かだ。鳴く獣もいない。タマキは体を起こす。蚊帳を持ち上げ、縁側に出る。朝鮮人古物商の家の方を見つめながら呟く。〈今夜か明日の夜だと言っていたが……〉

第十一章

❖

普段より遅く起きたサトは目やにを取りながら鶏小屋に向かう。鶏小屋の前にしゃがんだサトの目が大きくなる。鶏小屋の戸が開いていて鶏がいない。掛けておいた錠は地面に落ちている。

「おい！　お前！」

サトは台所に駆け込む。豚の脂で味噌を炒めている妻を問い詰める。

「あら、イタチにやられたみたいね。イタチが警防団長の家の鶏の首をかみ切って殺してしまったって言ってたわよ！」

サトの妻は夫が大事にしていて食べることもできず、ただ眺めていた鶏がイタチにやられたのが悔しくてぶつぶつ言う。

「違う、違う」

サトは激しく首を振る。イタチの仕業なら鶏小屋の中に争った跡があるはずだ。羽が一、二枚でも落ちているはずだ。

「まったく、兵隊たちが盗んでいったんだわ！」

「何？」

「兵隊たちが山賊になってこっそり村に降りてきては、味噌も盗んで、米も盗んで、鶏も盗んでいくんだって」

サトの目の下の肉がぴくぴく動く。

「噂を広めるな！」

「何を？」

「おしゃべりな妻よ、兵隊たちが昨晩うちの鶏を盗んでいったと話し回るな」

台所を出たサトは縁側に座って怒りを抑えながらじっくりと考える。

〈そろそろ米軍に寝返るのが身のためか？　いや、まだだ……〉

❖

「面白い話がある、面白い話がある」

一人で遊びに出かけたフミオ兄さんを探してフクロウの森に入ったキコの耳に歌声が聞こえてくる。

「面白い話がある、面白い話がある」

「フミオ兄さん？」

「面白い話がある、面白い話がある」

声は複数ある。そしてすべて男の子の声だ。キコはフミオ兄さんの声も混じっている気がする。

「面白い話がある、面白い話がある」

木の間から男の子たちが歩いて出てきてキコを囲む。

「面白い話がある、面白い話がある」

キコは男の子たちを見つめる。スパイごっこをしてフミオ兄さんをスパイとして処刑した兄たちだ。

「面白い話がある、面白い話がある」

「面白い話って何？」

キコが家の庭に駆け込みながら叫ぶ。

「母さん、人間狩りが父さんを殺すって」

風邪で熱のあるミユの体を濡れた布で拭いていたフミが顔を上げる。キコを見つめる。

「誰がそんなことを言ったの？」

「兄さんたちだよ。母さん、人間狩りが母さんと私たちも殺すって」

フミは何も言えず、幼い娘を見つめるだけだ。

「赤ちゃんも殺すって」

❖

マサルは戦争が終わったことを知らない。ヨミチの家族が人間狩りの者たちに殺されたのも知らない。それで彼は山の中に隠れている。母が包んでくれた食糧はもう尽きた。

チュチュチュ、チュチュチュチュ。近くからツグミの鳴き声が聞こえる。

食用キノコを探していたマサルは、空中に揺れている二本の足を見つめる。

誰かが葛のつるを首に巻きつけ、モミの木の枝にぶら下がって死んでいる。

髭で覆われたマサルの口が開く。

「ミナト?」

❖

小畑村の警防団長宅の庭。フミが赤ん坊を抱いて立っている。警防団長は床の仏壇の前で体を外側に向けて座っている。灰色の着物をきれいに着こなした彼は、フミに目を向けない。顔には困惑した表情が浮かんでいる。フミと赤ん坊の顔には強い日差しが照りつけている。

電信局長である警防団長の家はお盆の雰囲気が漂っている。彼の妻と娘たちは台所で豚足を茹で、豆腐を作っている。今日は島民が最も大切にする祝日、お盆が始まる日だ。

「主人の無念を訴えるところが警防団長さんのところしかなくて、恥を忍んで参りました……」

フミは話すのをやめて泣き出す。母が泣くと赤ん坊も泣き出す。赤ん坊の泣き声を聞いて台所にいた女たちが庭を覗きながら噂する。

フミは涙を飲み込み、赤ん坊をあやしながら話す。

「警防団長さんもご存知のとおり、主人が米軍のスパイだと誤解されています」

「初耳ですね」警防団長はフミに目を向けずに言う。

「主人が米軍のスパイだという噂を聞いたことはありませんか？　本当にくやしいです。警防団長さんもご存知のとおり、主人はスパイなどする人間ではありません。家に米軍の食糧が溢れているというのも根も葉もない噂です。家に食べ物がなくて、米軍が捨てた食糧を拾って食べたのが人々の誤解を招いたようです。お盆なのに家にはイモ一つなくて子どもたちが飢えています」

「みんな本当に厳しい時代ですね」

「警防団長さん、どうか木村総隊長に主人の話をよく伝えてください。私たちの哀れな状況をお察しください」

「私に何の力があるというのか……」警防団長は言葉を濁す。

「警防団長さんがよくお話ししてくだされば、木村総隊長も考え直されるのではないでしょうか？　軍人たちが主人を狙っているという噂を聞いていませんか？」

「それも初耳ですね」

「軍人たちが私や子どもたちまで狙っていると言うのですが……」フミは涙を飲み込みながら必死に話を続ける。「警防団長さん、どうか木村総隊長に主人の話をよく伝えてください」

「米軍が追っているので、私も木村総隊長に会うのは容易ではありません」

「もし木村総隊長にお会いすることがあれば、主人のことをよく伝えてください」

警防団長は依然としてフミに目を向けない。

「わかりましたから、もう家に帰りなさい」

フミは振り返ることなく庭にひざまずき、赤ん坊をしっかり抱きしめて警防団長に何度も頭を下げる。

「主人はスパイではありません！　絶対にスパイではありません！　主人がスパイ行為をしていたら、私がこの場で舌を噛んで死にます」

フミは赤ん坊をもっとぎゅっと抱きしめてすすり泣く。驚いた赤ん坊も泣き叫ぶ。フミと赤ん坊の泣き声を聞いて何事かと集まってきた村人たちが、好奇心いっぱいの顔で警防団長の家の庭を覗き込む。聞き覚えのある声が「朝鮮人古物商の奥さんだな！」と痰を吐くように言うのがフミの耳に届く。フミは飛んできた石に背中を打たれたかのように肩を震わせる。

見かねた警防団長の妻が台所から飛び出してくる。「神聖なお盆に何事なの！」彼女は濡れた手をエプロンで拭きながらフミに言う。

「私の家でこんなことしないで家に帰りなさい」

フミは警防団長の妻を見上げて首を横に振る。

「奥さん、主人が罪を犯したんですか？　私が罪を犯したんですか？　私たちの子どもたちが罪を犯したんですか？　私たちの赤ん坊が罪を犯したんですか？　主人がこの島で罪を犯したなら教えてください。小さなことでも罪があるなら教えてください。罰を甘んじて受けます……。主人が朝鮮人であることが罪になるんですか？　それがどうして罪になるんですか？　主人は朝鮮人に生まれただけです。私が、奥さんが、警防団長さんが沖縄人に生まれたように朝鮮人に生まれただけです……」

警防団長の妻が見物人たちを見ながら舌打ちする。

「夫と子どもたちを哀れんでください……。まだ名前もつけていない赤ん坊のためにも私たちの家族を寛大に見てください。奥さんは誰よりも私たちの窮状をよくご存じでしょう」

「あんたの家の気の毒な事情はよく知っているから、あまり騒ぎを起こさずに家に帰りなさい」

何も言わなかった警防団長が口を開く。

「もし木村総隊長に会うことがあれば、よく話してみましょう」

しかし警防団長の声には自信がない。

「ありがとうございます、ありがとうございます」

フミは何度も頭を下げながら立ち上がる。警防団長の妻に頭を下げて言う。

「奥さん、お盆に騒ぎを起こしてすみません」

フミは警防団長にも挨拶をして振り返る。見物人たちはいつの間にかいなくなっている。

フミは家の方に歩きながら言う。

「私たちの赤ちゃん……、母さんのせいで驚いたでしょう? ごめんね、ごめんね。さあ家に帰ろう。お父さんにあなたの名前をつけてもらおう……」

❖

再び警防団長の家の庭。朝鮮人古物商が立っている。日は西に傾き、庭には影が広がっている。

警防団長の家は依然としてお盆の料理の準備で忙しい。警防団長が灰色の着物を着て座っていた縁側には、祭壇に供えるサトウキビの束が竹の籠に入っている。お盆が始まる今日、先祖の霊はあの世からこの世に渡ってくる。三日間、子孫と共に過ごし、再びあの世に帰る。その往復の間、先祖の霊はサトウキビを杖として使う。隣には祭壇に供える五つのメロンが木の籠に入っている。

台所から出てきた警防団長の妻が、自分の家の庭に立つ朝鮮人古物商を見て不快そうな表情を浮かべる。

「奥さん、団長さんにお会いしに来ました」

「どうしましょう？　主人は今、家にいません」

朝鮮人古物商が去らずに立ち続けると、彼女が再び言う。

「少し前に出かけたので、すぐには戻らないでしょう」

朝鮮人古物商はなかなか足が動かない。そんな彼を哀れんだ表情で見ていた警防団長の妻が諭すように言う。

「主人が家に戻ったら、来たことを伝えます」

朝鮮人古物商は振り返りかけて警防団長の妻に深々と頭を下げる。

「どうか私と家族をお救いください」

「はい、主人が戻ってきたら伝えます」

「お願い申し上げます。お願い申し上げます」

とぼとぼと歩き去る朝鮮人古物商の背中に向かって警防団長の妻が言う。

「軍人たちが狙っているなら、やっぱり家族が散り散りになって隠れるのが良さそうね」

第十二章

7名

❖

「お母さん……」

ミユが熱に浮かされた声で母を呼ぶ。

「ミユ、起きないで眠りなさい」

「お母さん、お母さん……」

ミユはまるで太陽も月も昇らない暗い森の中をさまよいながら、必死に母を探すように呼ぶ。

いつかフクロウの森で聞こえたミユの声を思い出し、朝鮮人古物商は奇妙な気分になる。田植えを手伝って報酬にもらった米の入った袋を持ちその近くを通りかかると、ミユの声が聞こえてきた。ミユの声は同じ年頃の女の子たちよりも小さくて細い。

「お母さん……、お母さん……」

「ミユ、夜が来るから起きないで眠りなさい。お母さんが夢の中で先に待っているから、ぐっすり眠りなさい」

「お母さん、私もお母さんと一緒に夢の中に先に行ってミユ姉さんを待ちたい」

「そうね、キコ。夢の中でミユ姉さんに会ったら、キジムナー※のように笑ってあげて。キコ

※註　沖縄に伝承される樹木（一般的にガジュマルの古木であることが多い）の精霊。

は赤い髪の妖精キジムナー。キジムナーは魚の卵が好きよね。キコ、夢の中でお母さんと船に乗って魚を捕りに行こう。キジムナーが船に乗れば、網が垂れるほど魚がたくさん捕れるのよ」

「お母さん、ミユ姉さんが米軍の薬を飲んだの?」

「フミオ、誰がそんなことを言ったの?」フミが真剣な顔をする。

「子どもたちが言ってた」

「フミオ、ミユ姉さんは米軍の薬を飲んでいないわ」

フミはフミオにしっかりと言い聞かせ、夫を見つめる。

「警防団長さんが木村総隊長にうまく話してくださるでしょうか?」

朝鮮人古物商は縁側に座り、夕闇が迫る庭を見つめている。もうすぐ島民たちは庭に出て泡盛をまき、藁を燃やして先祖の霊を迎える儀式を行うだろう。

「お盆なのに島はどうしてこんなに静かなんでしょう」

しかし少し前にも山羊が鳴いた。それにこの島は絶え間なく音を立てている。あらゆる鳥の声、家畜の鳴き声、風に揺れる木々やサトウキビやタバコの葉の音、波の音……。

「お盆が始まる夜になると、父は兄たちと庭で藁を燃やし、泡盛をまいてご先祖様をお迎えしました。母は豚肉をたっぷり切り込んでご飯を炊きました。普段は人参とカンダバー※だけでご飯を炊いていたけど、お盆やお祭りの日には豚肉を入れてご飯を炊きましたね。祭壇にはすでにスイカやバナナのような果物を置いて、私が一番好きだったお餅も供えられていてね」

「フミ、山羊を飼おうか？」朝鮮人古物商が尋ねる。

「山羊を飼うには私たちがいないとね。野原に山羊を繋いでおくことはできないでしょう。この島は台風が過ぎると屋根がひっくり返り、木が根こそぎ倒れるからね。去年の夏の台風の時、野原に繋いでおいた家の主人の山羊が鳥のように飛び上がるのをあなたも見たでしょう」


便所から戻ってきたフミはフクギの木の葉が庭に描く影を見つめる。彼女にはそれが音もなく自分たちに近づいてくる人間狩りの足跡のように見えてしばらく見つめる。縁側に上がろうとしてやめ、ふと顔を上げて月を見る。恨めしいほど月が異様に大きく明るい。彼女は月をはさみで切り取りたい。暗闇が嫌いな彼女だが、今夜だけは暗闇が限りなく濃くあってほしい。島のすべての人々が盲目になってしまったと錯覚に陥るほど濃くあってほしい。

※註　サツマイモの葉や茎。代表的な沖縄野菜のひとつ。

❖

「何をそんなに見ているの?」

妻が灯りをつけて尋ねる声に、タマキは黙って首を振るだけだ。彼は夕方からずっと縁側の端に立ち、顎を突き出してカラス山の方を見つめている。

月明かりがとても明るいのに、カラス山は墨をかぶせたように黒く、空っぽの穴のように見える。

〈サト、あの野郎がまた嘘をついたのか?〉

タマキは振り返ろうとしてやめ、騙されたつもりで再びカラス山の方を見つめる。

「藁を燃やさないの? 先祖を迎えなきゃ」

「分かったよ!」

ぶっきらぼうに返事をするタマキの目に何かが入る。

「あれは……」

タマキの目が大きくなる。

「何をそんなに見ているの?」

いつの間にか妻が彼の隣に来ている。

「見えるか?」

「え？　何が？」

「あそこ……」

タマキは言葉を途中で止め、慌てて縁側から降りる。

「藁も燃やさずにどこに行くの？」

しかし、タマキはすでに庭をあわただしく出て行って、すでにいない。

❖

朝鮮人古物商の頭がかなりゆっくりと庭のソテツの木の方に向かう。その後ろに誰かがいる。朝鮮人古物商は立ち上がりたいが、足が鉄のように固まっている。フミが何か言っている声も聞こえない。「誰だ？」彼は体の血が一滴も残らず乾いていくように感じる。

朝鮮人古物商がやっとのことで立ち上がろうとすると、ソテツの木の後ろから興奮して怯えた声が聞こえてくる。

「逃げろ！　軍人たちが山から降りてきている！」

フミもその声を聞く。

「早く逃げろ！」

「あなた、タマキさんの声じゃない？」

ソテツの木が揺れ、丸い影が吐き出される。影は逃げる獣のように溝に沿った道を走り去る。立ち上がっている朝鮮人古物商をヒデオが見上げる。フミオとキコも父親を見上げる。何かを言おうとするフミオにフミが「シッ！」と静かにさせる。彼女の顔は恐怖で青ざめている。

「あなた、早く逃げて！　フミオを連れて行って。サネヨシさんの家に行って……。サネヨシさんの家よ！　あの方ならきっとあなたとフミオを隠してくれるわ」

「母さん、怖い……」怯えたキコが泣きそうになる。

赤ん坊が目を覚ましてぐずる。フミにはしかし赤ん坊の泣き声が聞こえない。

「あなた、フミオを連れて逃げて。早く、早く！」

朝鮮人古物商はためらう。

軍人たちと人間狩りたちは家に押し入るだろう。自分が逃げたと知れば、フミと子どもたちを放っておかないだろう。

「早く逃げて！」

フミが縁側に出て夫の腕を引っ張り、庭に引きずり下ろす。

「フミオ、お父さんについて行きなさい！」

フミオが動かないので、彼女は部屋に入って彼を連れ出す。

「母さん、怖いよ」キコが泣く。


「母さん、何かあったの？　母さん？　母さん？」

目を覚ましたミユが母親を必死に呼ぶ。彼女は悪夢を見た。キコと一緒にフクロウの森をさまよう夢だった。フクロウの森は寒く、鳥一羽もいなかった。木々は死んだ人のようだった。ミユは死んだ人を一度も見たことがないが、そう感じた。まるで死んだ人たちが立ち上がっているように感じた。

「サネヨシさんの家に行って！」

背中を押す妻に朝鮮人古物商が言う。

「フミ、お前が子どもたちを連れて逃げる方がいいだろう」

フミが首を振る。

「嫌よ、嫌よ！」

「フミ……」

「私一人で子どもたちを連れて逃げることはできないわ。まして赤ん坊まで……。人間狩りたちは私と子どもたちは傷つけないはず。私たちの赤ん坊も。早く逃げて！」

朝鮮人古物商はしかし動かない。

「フミオ、早くお父さんとサネヨシおじさんの家に行って！」

フミオはしかしどうすればいいのか分からず、父親と母親を交互に見つめるだけだ。

朝鮮人古物商はため息をついて首を振る。

「ヒデオは狙わないはず。ヒデオの実の父親は日本人だから。ミユとキコも狙われないわ。あの子たちは女の子だから助けてくれるわ。赤ちゃんも私も……」

「フミ……」

朝鮮人古物商はあまりに苦しくて火の中にでも飛び込みたい。

「あなたが逃げれば、私も子どもたちを連れて隠れる。だから早くフミオを連れて逃げて！

あなた、お願い！」

❖

朝鮮人古物商はフミオの手を握り、サネヨシの家がある西の村に向かって歩き始める。風に藁を焼く匂いが漂ってくる。酸っぱい泡盛の匂いも漂ってくる。

月明かりがますます明るくなっているが、フミオには限りなく暗いだけだ。

「お父さん、何も見えない」

「もう少しすれば見えるようになるよ」

「お父さんも見えない！」

フミオは本当に父親の姿も見えない。

今日はどの家にも先祖の霊が訪れる日だ。波の音、木々が揺れて出す音、父親の荒い力のない息の音、自分の息の音、足音……、すべてがフミオには霊の出す音に聞こえる。すがりつくようにお父さんの手を握り、小走りに歩いていたフミオがふと後ろを振り返る。

「お父さん、誰かが僕たちを追いかけてくる気がする」

朝鮮人古物商は歩幅を大きくし、息子の手をさらに強く引く。

「僕たちを追いかけてくる気がする」

「フミオ、振り返るな」

フミオはしかし振り返り続ける。また振り返って石につまずいて転ぶ。

朝鮮人古物商はフミオを起こす。彼は息子を背負って走り始める。

「お父さん、人間狩りたちがお父さんを殺すの？」

背中から聞こえる息子の声が朝鮮人古物商には聞こえない。

「お父さんも殺して、僕も殺して……」

❖

〈なぜ俺の家の庭にいるんだ？〉

サネヨシは怒った顔で朝鮮人古物商とフミオを見つめる。サネヨシの子どもたちがろうそくの光の中に集まって庭を見つめている。庭には藁を焼いた匂いとその灰が残っている。

サネヨシは朝鮮人古物商とフミオが自分の家の庭にいるという事実を信じたくなくて首を振る。彼は怯えている。そして怒っている。

〈他の家に行け！　俺の家にいないでくれ！〉

「サネヨシさん、私たちをかくまってください」

サネヨシは苦しそうに口を閉じている。

「私と息子をかくまってください」朝鮮人古物商は泣きそうになる。「人間狩りたちが殺そうと山から降りてきています」

「お前をかくまっているのがばれたら俺も殺される……」

サネヨシは苦しくて泣きそうだ。涙は流れないが、朝鮮人古物商は彼が泣いているのを感じる。

「おじさん、かくまってください！　かくまってください！」フミオが両手を合わせて懇願する。転んだ時に擦りむいた手の甲から血が流れている。

❖

サネヨシの犬が吠える。朝鮮人古物商はフミオを脇に抱えて薬の中に横たわっている。薬が巨大な波のように揺れる。薬の中のどこかからチューチューとネズミの声が聞こえる。

「お父さん……」

「シッ！」

フミオはすぐに口を閉じ、父親の心臓の音に耳を傾ける。その音がどれほど大きく聞こえるか、ドキドキという音が自分の頭を打っているように感じる。

ろうそくを消し、子どもたちと部屋に死んだように横たわっているサネヨシは内心複雑だ。彼は朝鮮人古物商とフミオを自分の家から追い出さなかったのを後悔している。

〈追い出していたらもっと後悔していただろう〉彼は自分に言い聞かせる。彼は自分の家以外に西の村で、いやこの島で朝鮮人古物商をかくまってくれる家がないのをよく知っている。

彼は心の中で亡き妻の魂を呼ぶ。

〈妻よ、来てくれたか？〉

彼は部屋のどこかに亡き妻の魂がいると信じ、その魂に祈る。

〈守ってくれ。善良な人だ。遠い朝鮮半島から来た可哀想な人なんだ〉

「お父さん、犬が吠えている」

サネヨシの長女が声を潜めて言う。


朝鮮人古物商も犬の吠える声を聞く。

朝鮮人古物商は心の中で妻を呼ぶ。〈フミ、フミ……。身を隠せたか?〉しかし、赤ん坊と病気のミユを連れて逃げるのは簡単ではないだろう。

〈フミと子どもたちを逃げさせるべきだった〉

自責の念に苦しむ朝鮮人古物商は長男を思い出す。

〈ああ、ヒデオ……〉

彼はヒデオが妻のそばにいるという事実が改めて心強い。頼りがいがあり落ち着いたヒデオがキコとミユを何とかするだろう。

「お父さん……」

突然、犬の吠える声が止む。波の音以外は何も聞こえない。

❖

「赤ちゃん、泣かないで、泣かないで……」

フミは夫とフミオがサネヨシの家に無事に着いたか気が気でならない。途中で人間狩りに捕まったのではないかと不安だ。

「ヒデオ、サネヨシさんが父さんとフミオを隠してくれたよね？　追い出さなかったよね？」

「隠してくれたと思います」

フミは息子の言葉に少しだけ安堵する。それでようやく、自分と子どもたちもどこかに身を潜めなければならないという考えが浮かぶ。

「母さん、怖いよ」

キコが母親の背中にしがみつく。決して離れないかのように両腕で母親の腰を抱きしめる。

「キコ、何も起こらないよ」

彼女はキコをようやく引き離し、ミユの額に手を当てる。下がっていた熱が再び上がっている。

❖

サネヨシの犬が再び吠え始める。

サネヨシは足音を聞く。少なくとも六人以上の足音だ。秘密裏に、しかし一糸乱れずに動いているような足音は、藁の中に隠れている朝鮮人古物商にも聞こえる。

〈お願い、お願い、お願い、お願い……!〉

朝鮮人古物商の乾いた舌に舌炎ができる。

一つにまとまっていた足音が突然分かれて散らばる。二人一組、三人一組になった足音が、今や四方八方から聞こえる。西の村の犬たちが一斉に目を覚まして吠え始める。豚たちも目を覚まして鳴く。足音は犬の吠える声にかき消される。

「お父さん……」

❖

イケダと人間狩り、警防団員たちがサネヨシの家に向かう。男の一人が彼らの道案内をしている。松明は必要ない。月明かりがあふれるほどに明るいからだ。

「今夜朝鮮人古物商を捕まえられなければ、この村の住民全員がスパイだ！」

犬が激しく吠える家の前に着くと、男が言う。

「この家です。朝鮮人古物商と息子がこの家に入るのを見ました」

❖

朝鮮人古物商はサネヨシと彼の子どもたちが部屋から庭に引きずり出される音を聞く。子どもたちの泣き声が聞こえると、フミオが父親にしがみつく。

「朝鮮人のスパイをどこに隠した？」イケダが銃剣を抜きながら尋ねる。

「知らない、知らない……」サネヨシは首を振る。

「サネヨシおじさん、早く言ってください」人間狩りの後ろに立っていた警防団員の一人がサネヨシを責める。

「さもないと、うちの村の住民全員がスパイになってしまうんですよ」

「知らない、知らない……」

「探せ！」イケダが人間狩りに命じる。

足音が藁の方に向かって集まる。

藁の一部が崩れ落ちる。驚いたネズミたちがチューチューと鳴きながら逃げ出す。

誰かの手が藁の中に突っ込まれる。大きくて熱い手が朝鮮人古物商の足首を掴む。血が通わなくなるほど強く掴んで引っ張り始める。

「お父さん！　お父さん！」

❖

朝鮮人古物商は首に縄をかけられ、サネヨシの家の庭に横たわっている。

興奮した人間狩りたちが朝鮮人古物商を取り囲んでいる。

フミオは父親の足にしがみついて座り込んでいる。

タヌキが縄を手に巻きつけて掴む。力を込めて縄を引っ張ると、朝鮮人古物商の顎が上がる。

朝鮮人古物商の口から岩にひびが入るような音が漏れる。

「堤防へ行くぞ」イケダが命じる。

「兄さん、堤防へ行けって」ゲンがタヌキに言う。

「俺も聞いた」タヌキがゲンを睨みつける。

タヌキはためらいながら縄を引っ張る。縄が朝鮮人古物商の首を絞め、彼の体をタヌキの方に引き寄せる。

タヌキとリスは一緒に縄を引っ張りながら堤防へ向かって歩き出す。朝鮮人古物商は縄で首を絞められ、少しずつ引きずられる。

サネヨシの家から堤防までは約三〇〇メートルだ。

〈死んだ犬のように引きずられていく……〉

朝鮮人古物商は骨ばった手足をだらりと垂らして引きずられながら嗚咽する。助けてくれという言葉が出ない。

地面が狂ったように朝鮮人古物商の肉を引っ掻き、髪の毛を引っ張る。

石ころも狂ったように犬歯となって彼の肉を刺す。とても小さな石ころも犬歯となる。

草の茎が刃となって彼の肉を切る。

海から吹いてくる風は怒った鎌となって彼の顔の上で踊る。

五〇メートルも行かないうちに朝鮮人古物商の頭から血が流れ出す。背中、臀部、太もも、ふくらはぎ、かかとからも血が流れる。

誰かの手が朝鮮人古物商の足をぎゅっと掴んでしがみつく。

「お父さん、お父さん、お父さん！」

フミオは縄で首を絞められて引きずられる父親の足にしがみついて一緒に引きずられる。

「ぼくのお父さんを離してください！　ぼくのお父さんはスパイじゃないです。ぼくのお父さんを殺さないでください。ぼくのお父さんを助けてください」

イタチがフミオを抱え上げて放り投げる。

〈フミオ、逃げろ！〉

朝鮮人古物商の首からはしかし、胡桃が砕けるような奇妙な音しか出ない。

〈逃げろ！〉

フミオは再び父親の足にしがみつく。しがみついて七メートルほど引きずられる。

イタチがフミオに飛びかかって引き剥がす。再び父の足にしがみつこうとする彼を軍人が逆さまに抱えてサツマイモ畑に放り投げる。

「殺せ！」

❖

フミは竹の籠の中で泣いている赤ん坊を抱き上げる。両足が激しく震え、臀部が泥のように崩れ落ち、やっとのことで体を起こす。

「ヒデオ、行こう！」

ヒデオがミユとキコを見つめる。

「ヒデオ、早く母さんについてきて」

ヒデオはためらう。ミユとキコ、母親を交互に見つめる。

「母さん、キコと私は？」

ミユが真っ暗な顔で母親を見上げる。

「ミユ、お前はキコと一緒に家にいなさい」

「私も連れて行って！」

キコが母親の足にしがみついて離れない。

「キコ、お姉ちゃんと家にいなさい！」

「嫌だ。私も連れて行って」

フミは泣きながら娘たちに懇願するように言う。

「ミユ、キコ……、お前たちはやられないよ」

フミは本当にそう信じている。いや、信じようと努力している。幼い女の子までナイフで裂いて殺すことはないだろう。ヨミチの赤ん坊を殺したのは男の子だったからだ。

❖

朝鮮人古物商の頭は堤防に置かれている。ヒデオが捕まえた白い魚が置かれていたその堤防だ。朝鮮人古物商は目を開けている。

リョタが朝鮮人古物商の首に巻かれた縄を両手で吊るすように握っている。真っ黒で大きな手の関節が浮き上がり、手の甲の毛が逆立つ。

縄が朝鮮人古物商の首を絞めていく。

朝鮮人古物商の顔が堤防の地面から一寸ほど持ち上がって落ちる。

朝鮮人古物商の口から漏れる音がまるで海鳴りのように堤防の上に漂う。

「スパイ、スパイ……」ゲンが牛牧場で覚えた呪文を唱えながら朝鮮人古物商の骸骨のような顔を見つめる。

微動だにしないが、黄金の月明かりを浴びて宝石のようにきらめいている二つの瞳が骸骨ではないことをゲンに教えている。二つの瞳に囚われたように見つめられていた彼は、尿を漏らしながら後ずさりする。

朝鮮人古物商の頭がもう一度堤防の地面から持ち上がって落ちる。

続いてフミオの高く細い悲鳴が島を裂いて響く。

❖

朝鮮人古物商の家から一〇〇メートルほど離れたガジュマルの木の下。

フミとヒデオ、農夫のような格好をした軍人二人とイタチが対峙する。

フミは泣いている赤ん坊をしっかりと抱きしめ、ヒデオの前に立ちはだかる。

赤ん坊の顔とともに泣き声がフミの胸に押しつぶされる。

海から吹いてくる風にガジュマルの木のひげ根が地面に降りてくるかのような錯覚を引き起こしながら揺れている。

どこかの家で遅れて燃やしている藁の匂いが空気中に漂っている。

フミはガジュマルの木の後ろの野原で誰かが自分たちを見ているのを感じる。彼女は助けを求めて叫びたいができない。

フミは軍人の手に握られた銃剣から血がポタポタと落ちるのを驚愕の目で見つめる。

〈私の夫を殺したの？　ね？　フミオは殺さなかったでしょう？〉

フミは血が地面ではなく自分の顔に落ちてくるように感じる。

〈ああ……〉フミはむしろ狂って胸を引き裂いて見せたい。軍人が銃剣を振りかざすと、彼女ははっと我に返り言う。

「ヒデオを助けてください」

「長男です。長男だけは助けてください。この子の父親は日本本土の人です。日本人です」

「ヒデオ？」

イタチが銃剣を振りかざした軍人を見る。

「全員殺せと言われた」

「大きくなって復讐するかもしれないから」別の軍人が銃剣を振り上げながら言う。

「ヒデオ、逃げて！」

フミが手でヒデオを力いっぱい突き飛ばすと同時に、軍人が彼女の頭を銃剣で打ち下ろす。

❖

襖が外れるように開く。

月明かりが部屋を照らす。竹の籠の揺りかごがひっくり返っており、ろうそくは消えている。ミユとキコが押し入れの中でお互いにしがみついて震えている。女の子たちは自分たちを見つめている軍人たちの顔を見つめる。軍服を着ていないが、女の子たちは彼らが軍人だということが分かる。

キコには軍人たちの顔が怪物のように見える。

部屋の中まで顔を突き出していた軍人が、女の子たちに出てくるように手招きする。女の子たちが言うことを聞かないでいると、軍人が言う。

「お母さんが君たちを連れてこいと言ったんだよ」

女の子たちは首を振る。

「お母さんが君たちを連れてこいと言ったんだ」

「お母さんは家にいなさいと言いました」キコが言う。

ミユはあまりにも具合が悪くて目を開けているのもつらい。

「お母さんが君たちを連れてこいと言ったんだ！」軍人が声も表情も怖くして言う。

「お母さんはどこにいるんですか？」

「フクロウの森にいるさ」

「家にいる」ミユがやっとのことで言う。

軍人たちが部屋の中にずかずかと入ってくる。軍人の一人がキコをひょいと抱き上げる。別の軍人がミユを抱き上げる。

キコを抱えた軍人が言う。「いい子だ、お母さんのところに行こう」

❖

堤防の下、縄で首を吊られた朝鮮人古物商の体の上に重い何かが落ちる。心臓がえぐられ、顔が裂けたフミオだ。彼の体から溢れる血が朝鮮人古物商を覆い、さらに覆う。金塊のような月はその間に島の半分を回り、堤防の上に浮かんでいる。

月明かりが溢れ出す堤防の上をうろついていた足音が去り、声がひとつ聞こえる。

「死体は片付けるな。住民たちに見せろ」

〈了〉

跋文

数字と空白

呉世宗

キム・スムにとって数字は、関心を大きく寄せるものの一つなのであろう。代表作の一つといってよい作品『ひとり』のタイトルに数字が用いられているように。しかしその関心の根本には、数字に対する疑念があり、それゆえ数字の後ろにあるものを想像的に捉えようとする志向があるように思う。

『沖縄 スパイ』でも数字は想像力の世界と結び付けられることで単なる記号であるのをやめ、私たちを驚愕させる存在に生まれ変わっている。目次に注目したい。全十二章のうちタイトルがつけられているのはわずかに四つ。第一章「9名」、第四章「1名」、第九章「3名」、第十二章「7名」である。その他は空白となっている。それら空白は九、一、三、七という数字を生んだ背景であり、またその数字を基点にして想像される暗黒地帯である。不可視にとどまる歴史（空白）とそのなかで可視化された歴史（数字）といってもよい。この目次だけ見ても、数字を通じて深淵を覗き見ようとする作家の姿勢は明確に伝わってくるし、また空白に込められた歴史や人の具体的な生を想像するよう私たちは強いられる。つまり目次は事件の本質をイメージとして端的に伝える図像として機能しており、この作品が取り上げている事件を知っている者であれば、これだけで十分に衝撃的である。

この数字は何か？　史実に即すならば一九四五年の沖縄戦の際、久米島で日本軍部隊に殺害された人々である。この数字および空白に関わって、作品がテーマにしている「久米島守備隊住民虐殺事件」について少しだけ述べておきたい。

「久米島守備隊住民虐殺事件」とは、鹿山正を隊長とする旧日本軍久米島守備隊が起こした住民虐殺事件である。鹿山部隊が直接殺害した島民が、まさに九＋一＋三＋七＝二十名であった。そのうちの七名が「朝鮮人古物商」として描かれる具仲会《ク・ジュンフェ》（日本名：谷川昇）とその家族である。

久米島は沖縄本島より西へ一〇〇キロメートル離れた場所に位置する。面積はおよそ六〇平方キロメートル、現在の人口約七〇〇〇名の自然があふれる島である。水が豊かで米の産地としても戦前より知られていた。「久米島」という名の「米」がそれを示している。

その久米島にも沖縄戦の少し前から日本軍が配備される。沢田善三を隊長とする電波探信隊十二〜三名が久米島に配備されたのが一九四三年である。海軍所属のこの通信部隊の正式名称は「日本海軍沖縄方面根拠地付電波探信隊」。そして本作品での「木村総隊長」、すなわち鹿山正が沢田に代わって部隊長になるのは、彼が久米島に来た一九四四年十月である。

部隊と島民のあいだでは、それぞれに対する思いに大きな温度差があった。島民たちは自分たちを守ってくれる部隊と信じ、労務、食料、歩哨などで協力をした。米軍に捕まれば凄惨な目にあうという噂も協力を後押しした。そのもう一方で鹿山隊は住民たちを一切信用せず、むしろ潜在的なスパイとみなした。「敵「スパイ」ノ潜入ハ、味方ノ如ク〔……〕何時侵入スルヤモ知レズ……」という通達を出すほどまでに住民たちを猜疑の目で見ていた。そもそも沖縄に配備された日本軍全体が、沖縄人は全てスパイだという妄想を共有していた。米軍の上陸に対抗するために沖縄の要塞化を兵と島民総出で行い、そのために軍民混在となることで住民が敵に捕まれば軍事機密が漏えいする状況があったのもその理由の一つとなった。

実際、鹿山の立場からすれば、やはり「スパイがうじゃうじゃいた」と思わせる事件が久米島で起こっている。上陸した米軍は久米島住民に降伏を勧告する文書を持っていかせたり、あるいは久米島出身者に島を案内させたりなどである。鹿山にしてみればそのような者らは当然「スパイ」に他ならなかったのであり、それゆえ殺害するのを一切ためらわなかった。結局誰がスパイなのかを鹿山が決め、スパイとみなされた者はそれだけで殺害されていった。そうして二十名が殺される。殺された方々十三名についてまず名前を記しておきたい。

最初の被害者（1名）：安里正次郎

おそらく米軍に託された降伏勧告状を持って鹿山部隊のところに行き殺害される。

第二の被害者（9名）：宮城栄明（牧場経営者）と妻シゲと妻の弟孫一郎、比嘉亀と妻ツルと長男の定喜と長男の妻ツル（?）、北原区長の小橋川共晃、警防団長の糸数盛保比嘉亀、宮城栄明の妻の弟と使用人の三名が、米軍に連行され家に戻されたのを鹿山隊に知られたのがきっかけとなり殺害される。

第三の被害者（3名）：仲村渠明勇と妻シゲと息子明廣（一歳）

米軍を道案内すれば艦砲射撃をせずに上陸すると提案され、捕虜収容所にいた仲村渠明勇がその役割を引き受けたために殺害された。

キム・スムは『沖縄 スパイ』というタイトルにもしたとおり、日本軍のスパイ恐怖症が島にいかなる影響を及ぼし、また島民たちがそれを共有していかざるを得なかったのかを全編にわたって描き出していく。数字と空白との関連で言えば、主として空白部分で描かれるものが、まさにスパイ恐怖症に侵されていく島の様子なのである。

そのうえで作家は、スパイ恐怖症の感染の仕方をいくつかの層に分けているように見える。スパイが「うじゃうじゃいる」という妄想を真に内面化してしまう層、生き延びるために恐怖症を利用しようとする層、それが妄想であると知りつつも振り払えないまま懊悩する層といったように。住民を殺害する側にまわった島の少年たちは恐怖症を真に内面化してしまった層であろうし、小賢しくあるいは残酷に人々をスパイ扱いするサトなどは第二の層に属し、そしてキンジョやタマキさらには「朝鮮人古物商」の妻であるフミなどの多くは第三の層に含まれるだろう。

そのような層の描き分けは、島全体にはびこったもう一つの病、植民地主義を浮き彫りにしていく。子どもたちの戦時中の遊びがスパイとスパイ狩りの追いかけっことなり、結果朝鮮人の子をスパイだとして暴行するに至ったり、あるいは島民たちが「朝鮮野郎は日本軍の奴隷」から「スパイ！」「お前のせいで日本は戦争に負けたんだ」までグラデーションをなしながら朝鮮人に暴言を吐いたりするようである。

植民地主義に関して言うならば、鹿山は住民を「スパイ」とみなす思考に加えて、久米島を「植民地」と言ってはばからなかった。それはつまり久米島を、ひいては沖縄を日本軍を頂点とする植民地主義的位階秩序のもとに置くことであった。当時の沖縄の人々が、沖縄本島や離島を問わず朝鮮人に対しては加害の側に立ったのもこの秩序ゆえである。もちろん久米島も例外ではなかった。これが久米島朝鮮人虐殺事件に結びついていく。そうしてみると数字の下に広がる空白地帯を作品は、かなり複雑な様相を持つものとして描いていることになる。

作品最後に配置された「7名」は「朝鮮人古物商」の一家である。実際の久米島虐殺事件でも朝鮮人一家七名は最後に殺されることになる。秩序の最下層に置かれたこの一家が虐殺されたのは、日本敗戦を伝える天皇の玉音放送の五日後、八月二十日であった。

具仲会は、国頭郡久志村出身の沖縄の女、ウタと結婚したのち久米島に渡り、鍋や釜の修理や日用雑貨の売買で生計を立てながら、生後数か月の幼児を含む五人の子どもたちと暮らしていた。殺された具一家七名の名前である。

具仲会（日本名：谷川昇）　五十一歳
妻、ウタ（本名：美津）　三十六歳
長男、和夫　十歳
長女、綾子　八歳
次男、次夫　六歳
次女、八重子　三歳
幼児（未入籍）　生後数か月

具仲会は、仲村渠明勇のように米軍を久米島に案内したわけではなかった。米軍に連行された事実もない。スパイと疑われるような行動は一切なかったと言ってよい。しかし具が日用雑貨の行商で各家庭を回っていたことが、日本軍によって「スパイ」視される理由の一つとなった。島を歩いて食べ物を探していたのも疑われる行動となった。そこにあわさったのが朝鮮人は危険だという住民たちの偏見であった。朝鮮人に対する偏見は、たとえば具仲会と結婚したウタの母の証言に読まれるものである。

私は朝鮮人がどういうわけか、うす汚れていて、きたなく、また怖い人たちのように思っていました。朝鮮人は、当時、那覇でも田舎でも、そういうように見られておりました。美津が朝鮮人といっしょになったというので、私は世間に顔向けもできませんでした。

（沖縄県教育委員会編『沖縄県史10巻 沖縄戦記録2』沖縄県教育委員会、一九七四年、知念カマドの証言）

この言葉に見られるように、朝鮮人を危険で怖い存在と見なす偏見は久米島にも広まっていた。朝鮮人だというだけで嫌う住民が根拠のない噂を立て、それが鹿山隊に伝わったという証言なども残されている。根拠のない噂に関連しては、鹿山も後日「島の人からあれはこうだ、これはあだという情報の注進があり」それを基に殺害を実行したと述べている（『琉球新報』一九七二年三月二十八日付朝刊）。

なお島民による情報の提供については、部落間の反目も背景にあった可能性がある。沖縄戦当時、久米島は大きく島の右半分が仲里村、左半分が具志川村という二つの部落に分かれていた（二つの村は共に久米島町に統合され、現在は行政単位として消滅している）。鹿山隊は具志川村側に陣地を構築していたため、食料の供出もそちら側に主として強いた。しかし農地としては仲里村の方が豊かな土地であった。そういった状況ゆえに閉鎖された島空間で、軍と住民が複雑に絡み合うという戦場体験の裏面史があるかもしれない。

話を朝鮮人一家に戻すとするならば、具仲会は「谷川」と名乗ってはいたとしても彼が朝鮮人であることは、顔見知りであれば誰でも知っている事実であった。そこに先ほど見た朝鮮人は「うす汚れていて」「怖い」存在だという植民地主義由来の偏見とスパイ恐怖症が合わさることで、具はいつ「スパイ」だと密告されてもおかしくない立場にあった。そして実際「スパイ」だと情報が伝えられ、それをもとに鹿山が断定し、殺害の命令がくだされた。

具仲会一家虐殺当日の一九四五年八月二十日、「兵隊が殺しに来る」という住民の知らせでウタと幼児そして長男の和夫が一緒に逃走する。しかし三人は住民に変装した日本兵に見つかり、後ろから切り殺された。日本兵は逃げ惑う長男にも容赦なく頭に日本刀を振り下ろし叩き切ってい る。長女と次女は家の中で震えているところを見つかり、「母ちゃんのところに連れていくからな」と自宅から五〇〇メートルほど離れた雑木林まで連れ出され刺殺された。具と二男の次男は、数日前から処刑されるという話を聞き、自宅より南にある鳥島という場所に住む知人宅に潜んでいたが、やはり発見された。具は首にロープをかけられ、海岸まで引きずられている間に命を落とした。泣き叫びながら父にしがみつく次男は、日本兵によって何度も切り刻まれ、絶命した。命じた鹿山隊長、実行した日本兵・常恒定たち、密告した住民、殺された朝鮮人とその家族という歪な秩序がこの事件の背後にはあった。

『沖縄 スパイ』は史実を丹念に調べ、書き上げられた。しかしだからといって事実をそのまま反映させた作品ではない。そこには作家の抜きんでた想像力が強く働いている。しかしだからといって事実からインスピレーションを受けて書かれた純粋なフィクションでもない。私が理解するところでは、『沖縄 スパイ』は二つの方向に向けて想像力が発揮されている。一つは、まだまだ明らかになっていない事実がある中で、しかしだからこそ事件の全体的な姿を浮上させるべく数字と数字を繋いでいこうと行使される想像力である。もう一つは、ある意味でその逆に働く。確定的と思われる事実を揺るがしていく想像力である。

二つ目に関わることとして、多くの登場人物だけでなく山にも森にも動物の名前がつけられていることを挙げていいだろう。これはフィクション化の技法に留まらない。一般的には動物たちを屠畜であれ狩りであれ屠るとき、私たち人間はそのプロセス全体を知ることはない。動物たちも沈黙したままだ。そして植民地的状況においても人が人を動物扱いするとき、同じような状況が生じ、それゆえ殺戮の歴史を明らかにするのが困難となる。つまり本作品において動物は、歴史の遠ざかりと深く関わっているのである。

この歴史の遠ざかりは、確定的事実と思われる数字まで引きずり込む。実際の死者は二十人以上であることなどを踏えると、確定的に見える数字さえも潜在的な歴史の曖昧さと混ざり合い、被害者、加害者、状況、自然などとともにフィクションにさらされていくからだ。そうであればこの作品の多くの動物名は、真実に向かうために絶えず事実に立ち返りながら想像力の発揮をくり返すことを私たちに求めるものであろう。したがって数字と空白は、この要請に対するキム・スム自身による応答の産物であり、そして想像力をさらに発揮するための源泉となろう。(なお『沖縄 スパイ』において人間の、そして環境の動物化にかなり大きな比重がかけられているのを考えるとき、動物論の観点からこの作品がどう分析できるかは研究上の関心事となるはずである。ここでは「人が動物を罵倒するとき、さらには人間の内なる動物を罵倒するとき」ファシズムは始まる、というジャック・デリダの言葉を想起するにとどめておきたい。)

想像力の往復運動に関わって、最後にウタさんと彼女のお母さんについてのわずかばかりの事実的な話をしておきたい。沖縄本島北部地域出身のウタさんは、向学心の強い女だったという。しかし勉強がしたいという気持ちとは裏腹に、母親は娘を自分の手元においておこうとした。当時の沖縄の女性が置かれていた状況の影響もそこにはあったはずである。

二人の間で折り合いがつかないまま娘は家を飛び出し、ひとり那覇へ向かい勉強を始める。その後の経緯は分からない。刑事であったという男性と結婚し和夫をもうけ、しかし何らかの理由で離別をする。そしてどこかで具仲会と出会い、家族は久米島に向かう。朝鮮人差別の強い時代でもあり、ウタは具と結婚したことを母親に知らせることができないまま沖縄本島を離れた。久米島に渡ったのち名前を「美津」ではなく幼名の「ウタ」を使ったのも母親に迷惑をかけたくなかったからだ。母親も母親で娘が朝鮮人と結婚したのを知ったのちも、祝福はおろか、結婚に困惑しているとも伝えないまま沈黙を守り通した。そして沈黙が続くなか一家虐殺が起こる。

沖縄戦中、母親は夫ともに海外に渡り、戦争の難を逃れていた。戦争が終わり沖縄に戻った後、たまたま見たニュースで娘が殺されたのを知る。「久米島」「女」「殺害」といったぐらいの情報であったが、母親は殺されたのが自分の娘だと確信する。守り通してきた沈黙が、娘と自分を隔てる乗り越え不可能な壁として立ちはだかった。

娘の死は時間をかけて受け止められただろうか。あるいは受け止めきれないままだったろうか。印象的なエピソードが残されている。キセルを持つ姿が皆の記憶にとどめられている母親であったが、晩年のある日、キセルを持ちながら家族の前でぽつりとつぶやいたという。「狂ってしまえればいいのだけど」。母親は奇跡的に沖縄戦を生き延びた。しかし生き延びたこともまた苦しみであった。

ハンプリは具仲会、ウタ、子どもたち、久米島の人々だけでなく、母親、時代、沖縄そのものに対してもなされるべきなのだろう。この見事な作品がその一助となるのを願う。

二〇二五年一月

※この跋文を書くにあたって他に参考にしたものです。

呉世宗『沖縄と朝鮮のはざまで—朝鮮人の〈可視化／不可視化〉をめぐる歴史と語り』明石書店、二〇一九年
具志川村史編集委員会『久米島具志川村史』具志川村役場、一九七六年
久米島の戦争を記録する会『沖縄戦 久米島の戦争—私は6歳のスパイ容疑者』インパクト出版会、二〇二一年
久米島町史編集委員会編『久米島町史 資料編1 久米島の戦争記録』久米島町役場、二〇二一年
仲里村誌編集委員会『仲里村誌』仲里村役場、一九七五年

※最後のウタ氏と母親については、親族となる芳賀郁氏から教えていただいた。感謝します。

知らなかった沖縄、知らずにいたかった沖縄……。二〇二三年三月、初めて沖縄を訪れた。太平洋戦争末期、朝鮮人「慰安所」が一四〇カ所以上もあった場所（そこにいた朝鮮人慰安婦は一〇〇〇人以上になると言われている）、一万人以上の朝鮮人軍夫が労働力として動員された場所。多くは再び故郷に戻ることなく、沖縄の地に埋められた。しかし存在した痕跡さえも覆い隠され、忘れ去られた慰安婦と軍夫が生々しく存在していた場所を訪れることが目的だった。

実地踏査の中で、佐喜眞美術館で目にした《沖縄戦の図》（丸木位里・丸木俊 作）。沖縄戦当時、その地で繰り広げられた住民の「集団自決」や軍による集団虐殺を描いた圧倒的な作品群は、展示室に足を踏み入れた私たちを沖縄戦の当時へと引きずり込んだ。シリーズの一つである《久米島虐殺2》には、朝鮮人の具仲会（日本名：谷川昇）の姿が見られた。具仲会氏の一家七人（その中には一歳になったばかりの赤ん坊もいた）の虐殺記録に初めて触れたのは、呉世宗先生の冷静かつ文学的な洞察に満ちた著書『沖縄と朝鮮のはざまで』（孫知延訳、ソミョン出版社、二〇一九年）を通じてだった。沖縄へ旅立つ前にその本を読み、具氏一家の虐殺は「小説化できない、したくない」記録として自分の中にとどめていた。ところが、佐喜眞美術館で再びその記録と向き合うことになったのである。ちょうどその場には、二日前に久米島を訪れていた学芸員の上間かな恵さんがいらっしゃった。作品の背景となった事件や久米島という限りなく未知なる島について、私の中から次々と質問が湧き出てきた。この小説は、その時の問いと共に始まった。

一九四五年八月十五日前後の三か月間に、久米島では具仲会氏一家だけでなく住民十三人も同じように恐ろしい方法で処刑された。その島に駐屯していた日本海軍通信隊がスパイへの恐怖を煽る目的で行った処刑だった — 久米島住民虐殺については、呉世宗先生の跋文に詳しい — 「始めてしまった」小説を書くための資料を収集し、証言を聞くために六月に再び沖縄を訪れた。沖縄本島で一泊し、本島から西へ一〇〇キロ離れた久米島に向かった。久米島で過ごした三泊四日の間に上江洲教明さんに会い、インタビューし、どこにも記録されていない貴重な話を伺うことができた。具氏の長男の友人であった彼は、七十八年前に遡り、具氏とその家族についての記憶だけでなく、朝鮮人「慰安婦」についての記憶も心を込めて語ってくださった。そして、久米島の住民でもある山里直哉さんから聞いたお話は、久米島という島の自然や歴史を理解するのに役立った。

喜んで証言者になってくださった方々のおかげで得られた貴重な資料。まさに私が探していた資料。しかしその資料が巨大な岩となって私を押し潰し始め、小説を書き続けることが辛くなった。それに加えて、一生懸命に聞いて、見て、ノートに記録した戦争(虐殺)関連の話が、惨状をそのまま映した写真が、ひどい身体の疲れと高熱となって私を苦しめた。やっとのことで調査を終えて帰ってくると、半月形の斧で自分の首を切り落とそうとする悪夢を見た。斧の刃が私の首に触れようとした瞬間、白髪の老婆が斧を奪い取り遠くへ投げ捨てた。その悪夢を境に体調が少しずつ回復し始めた。

小説を書くのを止めはしなかったが、沖縄にはもう行きたくなかった。再び沖縄に訪れることがあるだろうか？　ふと思ったりもした。

しかし一年後の二〇二四年三月、私は予期せず再び沖縄を訪れることとなった。今回は調査ではなく亡くなった安里英子先生を弔問するためであり、調査チームと一緒だった。読谷村にある恨之碑には、朝鮮人を供養する先生の文が刻まれている。

この島はなぜ寡黙になってしまったのか／何故語ろうとしないのか／女たちの悲しみを／朝鮮半島の兄姉たちのことを／／引き裂かれ　連行された兄たち／灼熱の船底で息絶え／沖縄のこの地で手足をもぎ取られ／魂を踏みにじられた兄たち／／戦が終わり時が経っても（後略）

—「この地に果てた兄姉の碑に」—

初めての沖縄調査の時、先生は見ず知らずの私たちを家に招いて手作りの料理で丁寧にもてなしてくださった。遅くまで和やかで真剣な対話が続き、帰る頃になって息子の安里和晃先生を通じて彼女が癌と闘っていることを知った。亡くなった先生に最後の感謝の挨拶をするために再び訪れた沖縄。滞在中、何か癒される感じがした。安里英子先生の魂が私を再び沖縄の地に招き、沖縄がどれほど美しい土地であるか、どれほど優しい土地であるかを見せてくださっているようだった。

そして再び訪れた佐喜真美術館で《沖縄戦図》と向き合った。前に訪れた時よりも長く、そして静かに作品の前に佇んだ。

「私は何について書きたかったのだろう？　私は誰について書きたかったのだろう？」この小説を書いている間もずっと離れなかった問いであり、「作家のことば」を書いている今も答えを見つけられず、依然として私の中で反響している問いだ。書きたくないと思った瞬間がしばしばあり、それが長く続くこともあった。もし答えを知っていたら私はこの小説を最後まで書けなかったかもしれない。

あまりにも明白な悪と悪行、そして悪人を想像すること、書くことは簡単ではなかった。しかしこの小説をどうにか終わらせるために、想像したくないことを想像し、書きたくないことを書かなければならなかった。結局、私は自分自身に想像させ書かせたが、書きたくないと抵抗している「私」は依然としている。

この小説の最後の校正を進めていた頃、弔問を目的に沖縄を訪れた時に偶然出会った宇多しげき先生から手紙を受け取った。沖縄本島に属する小さな島でほんの短い間すれ違うように出会った私に五枚に及ぶ手紙を送ってくださった。時代に対する洞察と、文学的感受性、そして人間に対する礼儀が溢れる手紙の一部をここで紹介したい。

徐京植はこの本(『プリーモ・レヴィへの旅』、朝日新聞社刊、一九九九年)でこう書いています。「すさまじい政治暴力の世紀であった二十世紀が終わろうとしている。だが、今世紀に起こったことが、もはや二度と起きないなどと考える根拠は何もない。(……)来世紀も人類は、自らの経験に学ことができない愚かさを証明することになるのだろうか。私の見通しは悲観的である」徐京植が捉えた将来の見通しは、プリーモ・レーヴィの悲観と直結するように思えます。ウクライナ・ロシア戦争とパレスチナ・イスラエル戦争が、まさにそのことを物語っています。

そして沖縄戦の当時、最も恐ろしい「集団自決」があった渡嘉敷島(その島には、元慰安婦のペ・ボンギさんがいた慰安所の建物が今でも残っています)の生存者である吉川嘉勝さんと一緒に食事をしながら伺ったお話も記録しておきたいと思います。亡くなった朝鮮人「慰安婦」たちを、自分たちの島に埋葬しながら、島の住民たちが語っていた言葉を、私は小説に描きました。「空と海は繋がっているから、故郷に帰れる」と。せめて魂だけでも故郷に送りたいと願うその気持ち、その真心のおかげで、空と海が一つに繋がっていると感じられます。

実を言うと、私はいまだに「何について、誰について」書きたかったのか分かりません。そして、今もなお沖縄が私に投げかけた問いへの答えを探しています。「なぜ沖縄なのか？　加害者とは何か？　そして被害者とは何か？」

上江洲教明先生
吉川嘉勝先生
高里鈴代（市民運動家）先生
安里英子（元恨之碑の会代表）先生
桃原礼子先生
後藤剛先生
佐喜眞道夫（佐喜真美術館館長）先生
安里和晃（京都大学大学院文学研究科准教授）先生
上間かな恵（佐喜真美術館学芸員）先生
山里直哉先生
平良次子（元南風原文化センター館長）先生

出会いの中で「人間に対する礼儀」と「人間として備えるべき品位」を強く思い起こさせてく

ださった右記のすべての方々に、この小説とこの小説を書いた時間を捧げる。

そして、繊細で気品あふれる文章力で小説に品格を添えてくださった大城貞俊先生、孫知延先生、呉世宗先生に心より深く感謝申し上げます。

この小説が（スパイ容疑で虐殺された）二〇人の方々に、その遺族の皆様、久米島の住民の皆様に失礼にならないことを祈りながら、この文章をようやく締めくくる。

二〇二五年一月

キム・スム

訳者のことば

東アジアを横断する国家暴力の悲劇、その先にある奇跡のような「連帯」

『沖縄 スパイ』は、韓国現代文学の独自性を誇る作家、キム・スムの十二作目の長編小説である。これまでに『ひとり(한 명)』、『Lの運動靴(L의 운동화)』、『さすらう地(떠도는 땅)』が日本語に翻訳されており、日本の読者にとっては本作が四作目となる。

沖縄を題材にした小説が韓国人作家によって刊行されたという知らせを初めて耳にしたとき、私の中で驚きと期待が交錯した。これまで(故)大城立裕、大城貞俊、目取真俊、崎山多美をはじめとする沖縄作家の作品を韓国語に翻訳してきたが、韓国で沖縄を正面から扱った作品に出会うとは予想していなかったからだ。まして、私にその翻訳の機会が与えられるとは夢にも思わなかった。

韓国語を母語とする私にとって、日本語で「小説」を「翻訳」することは、一種の「冒険」に近い作業だった。小説の翻訳は、学位論文や学術論文を日本語で執筆するのとは次元の異なる高度な日本語感覚が求められるからだ。それでも翻訳に挑戦しようと思えたのには、いくつかの理由がある。まず、小説のテーマと内容が興味深かったこと、そして沖縄小説を韓国語に翻訳する場合と、逆に日本語に翻訳する場合の違いを肌で感じたいという翻訳者としての好奇心からだった。例えば、沖縄小説を韓国語に翻訳する際にしばしば直面した問題の一つに「ウチナーグチ」(沖縄語)の表現がある。私の場合、目取真俊の『眼の奥の森』や大城立裕の「亀甲墓」(『大城立裕文学選集』所収)に登場する「ウチナーグチ」を標準韓国語ではなく「済州語」で翻訳したことがある。翻訳後、標準韓国語と済州語の表現を比較してみると、まるで全く異なる小説のように見えるほど大きな差があった。日本語と沖縄語の違いは、英語とドイツ語の違いに匹敵するほど大きいとも言われるが、もし済州語で表現していなかったとしたら、これらの作品を半分しか生かせない翻訳になってしまっていただろう。しかし、これは単に「標準語」と「方言」の違いに起因するものではない。それは沖縄と済州を横断する国家暴力の悲劇(集団虐殺)を共有しているからだと言える。現在でも日常の至る所に国家暴力の兆候が感じられ、それに抗う地域住民の抵抗が続いている点でも両者は似通っている。

この『沖縄 スパイ』を翻訳する際に最も留意したのは、作家の歴史認識が日本語への翻訳の過程で少しでも歪められたり、逸脱してしまうことのないようにすることだった。

本作の舞台は、アジア太平洋戦争当時の沖縄本島西側に位置する小さな島、久米島であり、この地で実際に起こった虐殺事件を扱っている。上陸した日本軍が虐殺命令を下し、「人間狩り」と呼ばれる十代の少年たちがそれを実行に移した。スパイ容疑をかけられ、親しくしていた隣人を容赦なく殺害する姿は、想像を絶する暴力の残虐さを示している。さらに、朝鮮人古物商とヨミチ一家は、戦争が終わった後、つまり戦「後」の「虐殺」であるという点で根深い差別が依然として続くであろうことを予告している。

作家のキム・スムはこの歴史の地層の中心に飛び込み、戦争の暴力によって魂と肉体が蹂躙され、消滅していった人間の悲劇を赤裸々に描き出している。いわゆる「久米島守備隊住民虐殺事件」が小説化されたのは今回が初めてである。これは韓国はもちろん、日本や沖縄の文学界においても取り上げられたことがない。別の言い方をすれば、タブーとされるテーマへの挑戦を意味している。

そのため、登場人物の名前の翻訳についても慎重な配慮が求められた。小説には木村総隊長をはじめ、オシロ、ウチマ、イリ、イハ、ベン、ゲン、サト、イト、リョタ、ヨミチ、ヨイシネ、サンガキなど、さまざまな名前が登場する。そしてタヌキ、イタチ、リスといった動物名で呼ばれることもある（「人間狩り」の少年たち）。韓国語で読む際には意識しなかったが、漢字に置き換えてみると微妙な変化が感じられた。「佐藤」や「伊藤」などは日本本土のイメージを、「大城」や「伊波」などは沖縄のイメージを想起させたのである。このようなステレオタイプなイメージを避けるため、明確な加害の責任がある本土出身の木村総隊長を除き、登場人物の名前はすべてカタカナで表記することにした。また、カタカナ表記の場合も「オオシロ」、「サトウ」、「イトウ」

ではなく「オシロ」、「サト」、「イト」とすることで、無用な誤解を避けた。「ヨイシネ」、「サンガキ」という名前は「ヨシミネ」・「ヨナミネ」、「シンガキ」といった実在する名前を思い起こさせる可能性があるため、作家が創作したものであるという。さらに、自分はスパイではないと抗弁することさえ許されず、単に朝鮮人であるという理由で一家が皆殺しにされた「朝鮮人古物商」には、名前を付けることすら困難だったのだろう。

小説の末尾に参考文献が記されていることからも分かるように、作家は久米島の歴史についての深い理解を基に小説を執筆しており、何度も沖縄本土や久米島を訪れた際に出会った人々との縁も欠かさず記録している。加害と被害が複雑に絡み合う状況で、誰かを特定できる名前がまた新たな傷となり得ることを考え、作家は登場人物一人一人の名前にも慎重を期したのである。

日本語に翻訳する過程で、いくつか事実確認が必要な場面もあった。例えば、村長が人々を率いて洞窟の外に出て、自分の妻と子供を直接殴り、刺し殺したという場面（第三章）があるが、村長が住民を殺害したと読まれる可能性があったため、「妻と子供」という文章の前に「自分の」を補うことで殺害対象を明確にして誤読を防いだ（沖縄戦では村長や区長が住民を虐殺した事例はないという事実を、インパクト出版会の川満昭広代表を通じて確認できた）。これとともに注目してほしい場面がある。それは、沖縄文学に頻繁に登場する「ガマ」（沖縄地域に広く分布する自然洞窟で、戦時中には避難所として使用された）という用語を、作家があえて「土窟（땅굴）」と「洞窟（동굴）」に分けて表現している点である。例えば、「土窟」に類似する日本語表現には、横穴、

地下通路、穴蔵、坑道などさまざまあるが、これらの中で「土窟」が作家の意図を最もよく反映していると考えた。「ついにタヌキも眠りに落ち、土窟は子宮になる。リョタ、タヌキ、イタチ、リス、ミナト、ゲン……少年たちは絡み合い、寝言を言い、いびきをかき、手足を動かしながら胎児の姿に退化する」（第九章）といった場面から分かるように、「土窟」は母の「子宮」をイメージ化している。日頃から名前を呼び合い、食べ物を分け合い、親しく過ごしていた親族や隣人を、残酷な死に追いやった「人間狩り」たちも、実は未熟な十代の少年にすぎず、自分が何をしているのかも分からないまま狂乱の時間を過ごし、夜になると戻ってくる場所。それが、母の子宮の中の胎児のような姿に一時的に退化（安息）する空間である。暗く狭く湿っており、土の匂いが漂う場所。この複雑なイメージを持つ空間を、私は「土窟」という言葉で伝えることにした。また、「軍人」と「日本軍」という表現は、日本語版では「兵隊」、「兵士」、「兵」、「軍人」などに分けて翻訳した。これらの日本語表現には、それぞれ微妙に異なるニュアンスがあると考えられたためである。例えば、「兵隊」と「軍人」はともに軍に所属する人を総称して指す言葉であり、「兵士」は上官の命令を受けて行動する軍人を意味する。本土と沖縄など地域による違いも存在するが、沖縄戦当時の証言記録によれば、住民の間では広く「兵隊（ヒータイ）」という表現が用いられており、階級が上の場合は「軍人」と呼ばれていたようである。呉世宗先生の助言により、こうした微妙な感覚やニュアンスの違いを反映することができた。

最後に、朝鮮人古物商の妻フミ（沖縄出身）が、日頃自分の家族に親切にしてくれたサネヨシ（沖縄出身）に感謝を伝えると、彼が照れくさそうに笑いながら「イチャリバチョーデー」と応答する場面（第六章）があるが、「イチャリバチョーデー」という表現はこのような状況ではあまり使われないという意見があり、作家と相談の末、削除することにした。「イチャリバチョーデー」という言葉を削除しても、「一度会えば皆兄弟」という意味は十分に伝わるからである。戦争がもたらした悲劇の中でも最も凄惨とされる沖縄戦。その時空間を共にした沖縄人と朝鮮人。戦争の暴力と死が幾重にも積み重なった場所で、奇跡のような「連帯」が存在していたことを、作家は見逃さなかったのである。

本作が日本の読者に届くまで、多くの方々のお力添えをいただいた。まず、大城貞俊先生に深く感謝申し上げたい。初訳が完成した後、お見せした際には、細かい日本語表現から形式に至るまで丁寧にご指導いただき、出版社の紹介にも尽力していただいた。先生の激励がなければ出版の決心すらつかなかっただろう。また、本作の誕生に重要な役割を果たした『沖縄と朝鮮のはざまで』の著者、呉世宗先生に感謝申し上げたい。この本を翻訳させていただいた縁が本作の翻訳にもつながったと信じている。呉世宗先生の綿密な検討と村上陽子先生のコメントは、翻訳作業において大きな助けとなった。最後に、日本語版の出版を快く引き受けてくださり、翻訳の完成度を高めるために様々な資料を提供し、惜しみない助言をしてくださったインパクト出版会の川満昭広代表に心より感謝申し上げたい。どうか本作が、東アジアを横断する国家暴力の悲劇を超え、奇跡のような「連帯」の呼び水となることを願っている。

追記

訳者のことばを締めくくる今現在、尹錫悦《ユン・ソクヨル》大統領による「非常戒厳令」の発布により、韓国社会は極度の混乱に陥っている。その中で日本では、尹錫悦政権が築き上げた日本との関係が政権交代によって再び「反日」モードに戻るのではないかと懸念する声もあるという。しかし、それはあくまでも杞憂に過ぎないと断言したい。なぜなら、尹錫悦大統領の歴史認識は決して健全ではないからだ。私たちが望む日韓関係は「非常戒厳令」のような手段で国民を脅かす暴圧的な為政者の手によって築かれるものではないからだ。国家暴力は、今もなお現在進行中である。

戦後八十年を迎えて　　二〇二五年一月

孫知延

キム・スム（김숨）
一九九七年「大田日報」新春文芸に当選、九八年文学トンネ新人賞を受賞し、文壇デービュー。現代文学賞、大山文学賞、李箱文学賞などを受賞。小説集『私は木を触ることができるだろうか』、『ベッド』、『肝臓と胆嚢』、『そば』、『あなたの神様』、『私は山羊が初めて』などと、長編小説『鉄』、『針仕事をする女』、『Lの運動靴』、『ひとり』、『流れる手紙』、『軍人は天使になりたいと願ったことがあるだろうか』、『崇高さとは自分自身を見つめること』、『さすらう地』、『聞き取りの時間』、『ツバメの心臓』、『失った人』、『虹の眼』などがある。邦訳作品に『ひとり』（岡裕美訳、三一書房、二〇一八）、『さすらう地』（岡裕美訳、新泉社、二〇二二）、『Lの運動靴』（中野宣子訳、アストラハウス、二〇二二）がある。

孫知延（ソン・ジヨン）
慶熙大学日本語学科教授。慶熙大学グローバル琉球・沖縄研究所長。名古屋大学で日本近現代文学を専攻し、博士号取得。単著に、『戦後沖縄文学の読まれ方―ジェンダー、エスニック、そしてナショナル・アイデンティティ』、共著に、『冷戦アジアと沖縄という問い』、『戦後沖縄文学と東アジア』、『沖縄を求めて―沖縄を生きる（大城立裕追悼論集）』、『Women in Asia under the Japanese Empire』などがある。『眼の奥の森』、『大城立裕文学選集』、『うんじゅが、ナサキ』、「ヌジファ」、「六月二十三日　アイエナー沖縄」、『首里の馬』などの小説を翻訳した。

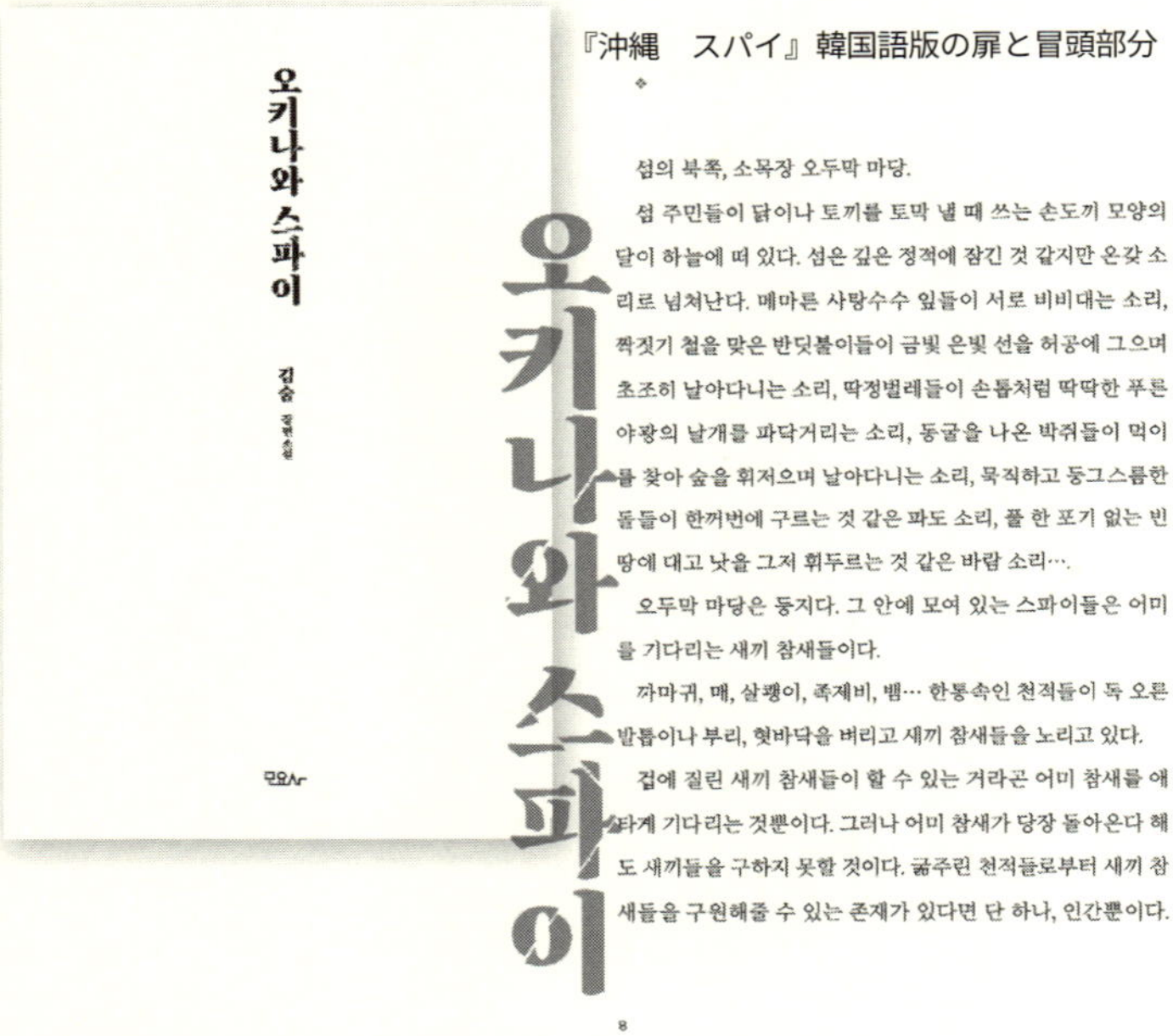

오키나와 스파이

김숨 장편소설

민음사

섬의 북쪽, 소목장 오두막 마당.

섬 주민들이 닭이나 토끼를 토막 낼 때 쓰는 손도끼 모양의 달이 하늘에 떠 있다. 섬은 깊은 정적에 잠긴 것 같지만 온갖 소리로 넘쳐난다. 메마른 사탕수수 잎들이 서로 비비대는 소리, 짝짓기 철을 맞은 반딧불이들이 금빛 은빛 선을 허공에 그으며 초조히 날아다니는 소리, 딱정벌레들이 손톱처럼 딱딱한 푸른 야광의 날개를 파닥거리는 소리, 동굴을 나온 박쥐들이 먹이를 찾아 숲을 휘저으며 날아다니는 소리, 묵직하고 둥그스름한 돌들이 한꺼번에 구르는 것 같은 파도 소리, 풀 한 포기 없는 빈 땅에 대고 낫을 그저 휘두르는 것 같은 바람 소리….

오두막 마당은 둥지다. 그 안에 모여 있는 스파이들은 어미를 기다리는 새끼 참새들이다.

까마귀, 매, 살쾡이, 족제비, 뱀… 한통속인 천적들이 독 오른 발톱이나 부리, 혓바닥을 벼리고 새끼 참새들을 노리고 있다.

겁에 질린 새끼 참새들이 할 수 있는 거라곤 어미 참새를 애타게 기다리는 것뿐이다. 그러나 어미 참새가 당장 돌아온다 해도 새끼들을 구하지 못할 것이다. 굶주린 천적들로부터 새끼 참새들을 구원해줄 수 있는 존재가 있다면 단 하나, 인간뿐이다.

8

『沖縄　スパイ』韓国語版の扉と冒頭部分

『沖縄 スパイ』　오키나와 스파이

2025年3月3日　第1版1刷発行

著　者　キム・スム（김숨）

訳　者　孫知延（ソン・ジヨン）

装　幀　宗利淳一

発行人　川満昭広

発　行　株式会社インパクト出版会

東京都文京区本郷 2-5-11 服部ビル2階

Tel 03-3818-7576　Fax 03-3818-8676

impact@jca.apc.org　http://impact-shuppankai.com

郵便振替　0010-9-83148

印刷・製本　モリモト印刷